光文社文庫

長編時代小説

無宿

吉原裏同心(18)

決定版

佐伯泰英

目次

第一章　薄墨《うすずみ》の懸念《けねん》……11
第二章　くれない楼の騒ぎ……75
第三章　おかんの祝言……138
第四章　妄想《もうそう》……202
第五章　居合勝負……267

新吉原廓内図

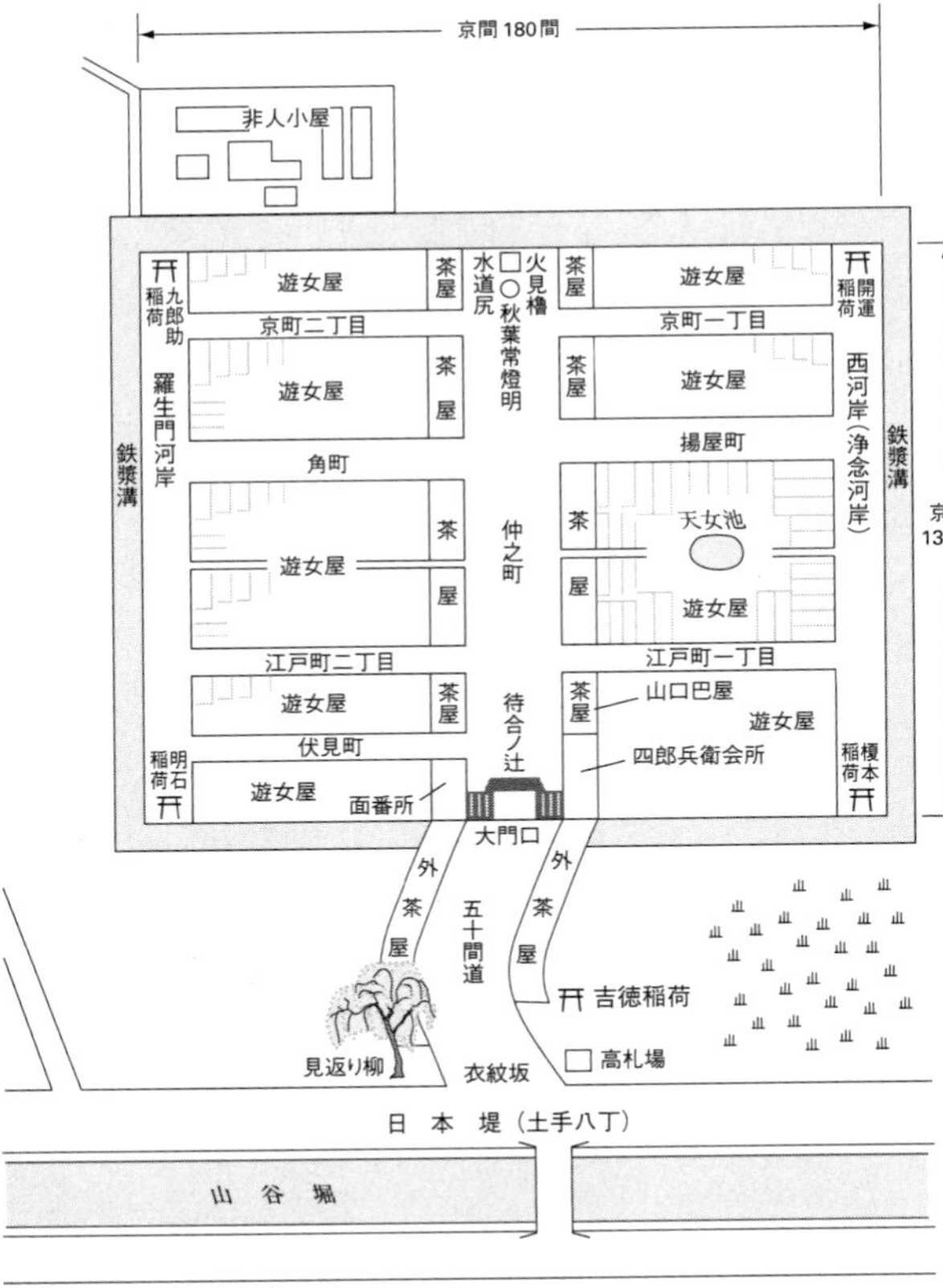
京間 180 間
京間 135 間
非人小屋
遊女屋
茶屋
九郎助稲荷
火見櫓
水道尻
秋葉常燈明
開運稲荷
京町二丁目
京町一丁目
西河岸（浄念河岸）
羅生門河岸
鉄漿溝
角町
揚屋町
仲之町
天女池
江戸町二丁目
江戸町一丁目
山口巴屋
待合ノ辻
伏見町
四郎兵衛会所
明石稲荷
榎本稲荷
面番所
大門口
外茶屋
五十間道
吉徳稲荷
見返り柳
衣紋坂
高札場
日本堤（土手八丁）
山谷堀

北
南
東
西
鐘ヶ淵
千住大橋
荒川
隅田村
三河島
千住道
小塚原
田端
日暮里
駒込
谷中
日本堤
隅田川
寺島村
金杉上町
新吉原
今戸町
千駄木
白山
鷲神社
山谷堀
今戸橋
下谷
東叡山
寛永寺
浅草寺
小梅村
根津権現
本郷
東本願寺
浅草花川戸町
御薬園
小石川
中堂
幡随院
広徳寺
阿部川町
吾妻橋
伝通院
不忍池
新堀川
田原町
竹町ノ渡し
三間町
菊坂町
池之端仲町
下谷広小路
御徒町
並木町
駒形堂
蔵前
春日町
湯島天神
水戸徳川家
北割下水
牛込
森田町
石原町
御米蔵
神田川
神田明神
外神田
向柳原
天王町
神楽坂
牛込御門
小石川御門
水道橋
浅草橋
柳橋
御竹蔵
南割下水
昌平橋
筋違御門
和泉橋
柳原土手
両国広小路
本所
番町
市谷
田安御門
俎板橋
雉子橋御門
一ツ橋御門
内神田
馬喰町
両国橋
回向院
市谷御門
清水御門
神田橋御門
竪川
小伝馬町
今川橋
日本橋
新大橋
常盤橋御門
小名木川
麹町
室町
江戸橋
江戸城
半蔵御門
呉服橋御門
北町奉行所
仙台堀
深川
南茅場町
西之御丸
日本橋
八丁堀
組屋敷
材木町
永代橋
鍛冶橋御門
京橋
富岡八幡宮
南町奉行所
桜田御門
霊岸島
赤坂御門
永田町
数寄屋橋御門
西本願寺
山王日枝神社
石川島
越中島
新橋
築地
佃島
溜池
幸橋御門
汐留橋

『無宿』主な登場人物

神守幹次郎……豊後岡藩の馬廻り役だったが、幼馴染で納戸頭の妻になった汀女とともに逐電の後、江戸へ。吉原会所の七代目頭取・四郎兵衛と出会い、剣の腕と人柄を見込まれ、「吉原裏同心」となる。薩摩示現流と眼志流居合の遣い手。

汀女……幹次郎の妻女。豊後岡藩の納戸頭との理不尽な婚姻に苦しんでいたが、幹次郎と逐電、長い流浪の末、吉原へ流れつく。遊女たちの手習いの師匠を務め、また浅草の料理茶屋「山口巴屋」の商いを手伝っている。

四郎兵衛……吉原会所の七代目頭取。吉原の奉行ともいうべき存在で、江戸幕府の許しを得た「御免色里」を司っている。幹次郎と汀女を吉原に迎え入れた後見役。

仙右衛門……吉原会所の番方。四郎兵衛の右腕であり、幹次郎の信頼する友。

玉藻……四郎兵衛の娘。仲之町の引手茶屋「山口巴屋」の女将。

三浦屋四郎左衛門……大見世・三浦屋の楼主。吉原五丁町の総名主にして四郎兵衛の盟友であり、ともに吉原を支える。

薄墨太夫……吉原で人気絶頂、大見世・三浦屋の花魁。吉原炎上の際に幹次郎に助け出され、その後、幹次郎のことを思い続けている。幹次郎の妻・汀女とは姉妹のように親しい。

身代わりの左吉……罪を犯した者の身代わりで牢に入る稼業を生業とする。裏社会に顔の利く幹次郎の友。

村崎季光……南町奉行所隠密廻り同心。吉原にある面番所に詰めている。

足田甚吉……豊後岡藩の長屋で幹次郎や汀女と一緒に育った幼馴染。岡藩の中間を辞したあと、吉原に身を寄せ、料理茶屋「山口巴屋」で働いている。

柴田相庵……浅草山谷町にある診療所の医者。お芳の父親ともいえる存在。

お芳……柴田相庵の診療所の助手。幼馴染の仙右衛門と夫婦となった。

おりゅう……吉原に出入りする女髪結。幹次郎と汀女の住まう左兵衛長屋の住人。

伊勢亀半右衛門……浅草蔵前の札差を束ねる筆頭行司。分限者にして粋人として知られる、薄墨太夫の馴染客。

長吉……吉原会所の若い衆を束ねる小頭。

金次……吉原会所の若い衆。

宗吉……吉原会所の若い衆。

哲二……吉原会所の若い衆。

政吉……吉原会所の息のかかった船宿牡丹屋の老練な船頭。

無宿——吉原裏同心(18)

第一章　薄墨《うすずみ》の懸念《けねん》

一

一声て五丁をなぐる時鳥《ほととぎす》（『誹風柳多留《はいふうやなぎだる》』）

どこか哀調《あいちょう》を秘めた時鳥の甲高《かんだか》い初音《はつね》が聞こえると初夏、遊女《ゆうじょ》の座敷着も綿入《わたい》れから袷《あわせ》に替わった。

こうして寛政《かんせい》二年（一七九〇）の初夏が爽《さわ》やかに始まった。

神守幹次郎《かみもりみきじろう》は日の出前に左兵衛長屋《さへえながや》を出ると浅草田圃《あさくさたんぼ》の間を抜ける道を浅草寺《せんそうじ》北側に向かい、だれひとり気配《けはい》のしない奥山《おくやま》を通り、御本堂《ごほんどう》から仲見世《なかみせ》を経て、雷御門《かみなりごもん》に向かった。

まだうす暗い仲見世だ。町全体が眠り込んで、飼犬《かいいぬ》でさえ起きている風はない。

雷御門から広小路《ひろこうじ》に出ようとしたとき、そのふたり組にばったりと出会った。ひとりは黒絹《くろぎぬ》の着流し、煙管《キセル》で刻《きざ》みを吹かしていた。いい香りのする薩摩《さつま》だ。もうひとりは道中合羽《どうちゅうがっぱ》に三度笠《さんどがさ》の渡世人《とせいにん》だった。左肩に振《ふ》り分《わ》け荷を負《お》い、中身がずしりと重そうだった。

幹次郎はこの辺の私娼窟《ししょうくつ》で一夜を明かした者かと思った。だが、女郎《じょろう》と肌を交えた者が醸《かも》し出す倦怠《けんたい》も後ろめたさも感じ取れなかった。反対になにか殺伐《さつばつ》とした雰囲気を常夜灯《じょうやとう》の遠い灯《あか》りが浮かび上がらせていた。

幹次郎と不意に出会い、ふたりが立ち竦《すく》んだ。瘦身《そうしん》の着流しが口から煙管を離し、幹次郎を睨《にら》んで、幹次郎も見返した。

その瞬間、その者の五体から香《こう》の匂《にお》いが漂ってきた。そして、血の臭《にお》いも……。

「御免《ごめん》」

と幹次郎が呟《つぶや》き、ふたりの前から避《よ》けようとした。

その瞬間、着流しの浪人《ろうにん》の頰《ほお》が殺《そ》げた顔に殺気が走り、幹次郎に抜き打ちでも仕掛ける動きを見せた。だが、相手は幹次郎が木刀を携《たずさ》えていることを見て取ると動きを止めた。

（よからぬ輩《やから》）

と幹次郎は思いながらも、相手から殺気が消えたことでふたりから離れた。

ただそれだけのすれ違いだった。

時代は田沼意次《たぬまおきつぐ》の全盛から老中松平定信《ろうじゅうまつだいらさだのぶ》が腕を振るう、

「寛政の改革」

の世に移っていた。

三十歳で老中に就任した定信が田沼時代の側近政治を改めたことを世間は評価して、

「文武両道左衛門　源　世直」《ぶんぶりょうどうざえもんみなもとのよなおし》

と称《たた》えてその成果を期待した。

だが、松平定信の改革は決して順調に進んではいなかった。天明《てんめい》から寛政と元号《げんごう》を改めた年の三月十五日、定信は奢侈禁止令《しゃしきんしれい》を出した。諸物価の高騰《こうとう》の原因は、

「町人らの奢《おご》った暮らし」

にあると断定し、町人の身分不相応《みぶんふそうおう》な衣服や飾り物、食べ物などを制限した。

その一方で旗本《はたもと》・御家人《ごけにん》の借財を帳消しにする、

「棄捐令《きえんれい》」

を九月十六日に発布《はっぷ》した。

徳川幕府開闢《とくがわばくふかいびゃく》からおよそ百九十年の時が流れ、明らかに、

「武から商」

の時代へと移行していた。

身分制度を有名無実《ゆうめいむじつ》にした商人の力を殺ぐために奢侈禁止令を出し、その一方で直参《じきさん》旗本・御家人の借金を帳消しにする。

寛政の改革への期待は一気に不満へと変わった。

そんな財政改革が進まぬ中、無宿者《むしゅくもの》が江戸に流れ込み、触《ふ》れに反する博奕《ばくち》等が流行《はや》り、勤労意欲を低下せしめた。

そこで先手弓頭火付盗賊改役《さきてゆみがしらひつけとうぞくあらためやく》の長谷川平蔵《はせがわへいぞう》が老中首座松平定信に建言《けんげん》し、安永《あんえい》九年（一七八〇）から六年間、深川茂森町《ふかがわしげもりちょう》に置かれていた無宿養育所《よういくどころ》を範にして大川《おおかわ》（隅田川《すみだがわ》）河口の佃島《つくだじま》北側の寄洲《よりす》を埋め立て、

「石川島人足寄場《いしかわじまにんそくよせば》」

を設けて、無宿者を送り込む制度を始めた。手に技《わざ》がある者には本来の仕事をなさしめ、ない者には米搗《こめつ》き、油搾《しぼ》り、石灰《せっかい》製造、炭団《たどん》作り、藁《わら》仕事を覚えさせて仕事をさせた。手に技を覚えさせると同時に労賃の一部を貯《た》めさせて、世間に

戻るときに復帰の費《つい》えとさせた。

その試みが始められたのがこの年の二月十九日のことだった。未《いま》だ人足寄場の正体が摑《つか》めない庶民は、

「無宿になれば寄場に入れられる」

と恐れを抱いていた。

事実、幕府では人足寄場を更生《こうせい》の場としてより、打ち壊しなどをする恐れのある者を予防拘禁《こうきん》する施設として考えていた。

そんな寛政二年の初夏の夜明け前のことだ、出会ったふたりのことを幹次郎は直《す》ぐに忘れた。

ひたすら下谷山崎町《したややまざきちょう》の朝稽古《げいこ》の始まりに間に合うべく足を急がせた。ために香取神道流津島傳兵衛道場《かとりしんとうりゅうつしまでんべえどうじょう》の住み込み門弟らが道場の拭《ふ》き掃除を始めようとしているところに到着できた。

挨拶《あいさつ》をして稽古着に着替えると急いで雑巾《ぞうきん》を握り、横一列に並んで道場の端から端へ一気に拭く門弟の間に入り、腰を屈《かが》めて仲間の動きに合わせた。

「吉原裏同心《よしわらうらどうしん》どの、近ごろ吉原は閑《ひま》と見えますね」

隣から津島道場の若い住み込み門弟の重田勝也《しげたかつや》が声をかけてきた。この道場の

中でもいちばん若い門弟のひとりだ。

「お陰様でな、なにごともなく商いを続けておる」

「ふうーん、遊客《ゆうかく》が押しかけて楼主《ろうしゅ》の懐《ふところ》にざっくざっくと小判や一分金《ぶきん》が集まるってわけですか。いいな、遊女の尻を叩《たた》いて金が貯まる暮らし」

「世の中はさまざまな人々の暮らしで成り立っておる。俗《ぞく》に言うではないか、駕《か》籠《ご》に乗る人担《かつ》ぐ人、そのまた草鞋《わらじ》を作る人とな」

「貧乏旗本の次男坊など草鞋作りの内職をする口だな」

軽口《かるくち》で応じた勝也と幹次郎は道場の端に到達し、道場の外廊下に置かれた桶《おけ》の水に雑巾を突っ込み、丁寧《ていねい》に洗うと固く絞《しぼ》ってふたたび見所《けんじょ》に向かい、折り返した。

しばらく沈黙していた勝也がまた口を開いた。

「聞きましたよ」

「なにを聞いたと申されるな」

「神守様が手助けして馬喰町《ばくろちょう》の煮売《にう》り酒場の小僧の夢を叶《かな》えたって。吉原会所《かいしょ》の用心棒ってそんなこともするんですね」

幹次郎は沈黙して掃除に専念した。だが、勝也に、

「ご返答がございませぬな。われら、掃除を怠《なま》けておるのではございませんぞ」

と言われ、幹次郎は致し方なく説明した。

「その話は旧聞《きゅうぶん》じゃやな。あれは竹松《たけまつ》どのの積年の夢だからな、会所の頭取方に口を利《き》いて人柄《ひとがら》のよき遊女との仲を取り持った。夢を叶えた竹松どのはただ今料理人の道を目指して親方の下で厳しい修業に努めておる」

「次の登楼《とうろう》の機会を考えて真面目《まじめ》ぶってんだ」

「そうではない、勝也どの。朝稽古の前、拭き掃除の間に話すことではないゆえ、関心があればあとで話そう」

「途中で話が終わるのは気分が悪《わる》うございます。稽古に差し支えますので話してください、神守様」

幹次郎はちらりと勝也を見て致し方ないかと話を再開した。

「竹松どのの夢は一夜で終わった。ただ今はひたすら親方の下で料理人修業に励んでおる。遊女に限らず女は男を発奮《はっぷん》させるものなのだ」

「えっ、竹松って小僧、一夜で女を卒業したんですか」

「違う。竹松は一人前の料理人になるために、しばし自らの欲望は封印したのだ」

勝也が不意に動きを止めた。致し方なく幹次郎も勝也に合わせて止まった。すると勝也の顔が、

ぐいっ

と幹次郎のほうに寄せられ、

「嘘だな。小僧め、次の機会を狙って真面目ぶっているだけだ」

「勝也どの、そなたは武士じゃぞ。そう穿《うが》った物事の見方をしてはならぬ。素直《すなお》になられよ」

「不肖《ふしょう》重田勝也、素直になり申す。神守様、それがし、その小僧と夢を同じゅうしておるのでござる。吉原の花魁《おいらん》の中から相手を探してくだされ。もはや局《つぼね》見世《みせ》（切《きり》見世）通いは飽《あ》きました。助勢《じょせい》を願います」

いささか持て余した幹次郎が言った。

「金子《きんす》は持っておられるのであろうな」

「金子を十分に持っているなれば、なにも神守幹次郎様に願い申しません」

幹次郎は勝也をその場に置き去りにすると、中断した拭き掃除を再開した。

「ま、待ってくだされ。煮売り酒場の小僧を助け、貧乏旗本の部屋住みの生涯《しょうがい》飼い殺しを助けてくれぬとはどういうわけですか」

勝也が叫びながら必死で幹次郎を追ってきた。

幹次郎と勝也が見所下で動きを同時に止めた。

「ご返答をいただきたい」

「それがし、吉原会所の雇われ人でな。在所《ざいしょ》から吉原に買われてきた身の女郎に、金のない者の一夜の相手を、などと願う力は持っておらぬ」

「だって、煮売り酒場の小僧の手助けをしたんでしょう」

「どなたがそなたにそのような話を吹き込んだか知らぬ。竹松は客が奉仕料に渡してくれた、一文《もん》二文の銭を数年がかりでこつこつと貯めて夢を叶えようと努力してきたのだ。なにも銭を持たずに吉原の大門《おおもん》を潜《くぐ》ったわけではござらぬ」

「えっ、小僧は遊び賃を持っていたのですか」

「積年の夢を努力なくして叶えられるものか。それがし、その手伝いをなしただけだ。それが真相だ」

勝也が雑巾がけの恰好から起き上がり、床に胡坐《あぐら》をかくと、

「騙《だま》されたか」

と呟いた。

「重田勝也、だれになにを騙された」

道場主津島傳兵衛の声がして、見所の神棚《かみだな》の榊《さかき》の水を替えた傳兵衛が勝也を見下ろしていた。

「はっ、いえ、なんでもございません」

驚愕した勝也が胡坐をかいたまま、その場に飛び上がったように見えた。

「おまえの馬鹿《ばか》声は道場じゅうに響き渡っておる。神守どのとの掛け合いの一部始終を皆が耳にしておる。朝稽古の前から自らの欲望をわが道場の客分の神守幹次郎どのに縷々《るる》願うなど、真《まこと》に不届《ふとど》き千万《せんばん》である。神守どのの忠言《ちゆうげん》を聞こうともせず、なんじゃ、その態度は。本日より道場での朝稽古に加わるに及《およ》ばず。わしが許しを与えるまで、毎日下谷山崎町の隅《すみ》から隅まで町内掃除をしておれ」

と険《けわ》しい怒声《どせい》が響き渡り、勝也がその場に這《は》い蹲《つくば》って、がたがたと体を震わせ始めた。

近ごろ筋肉がしっかりとついてきて、青年の体つきになった勝也だが、道場主津島傳兵衛の前では三つ子同然、師の怒りの前に震えるしかない。

激しい叱声《しつせい》を浴びた勝也はだれぞに助けを求めて視線をさまよわせた。だが、道場主の怒りを止められる者などいない。

「勝也、行け。行かぬならばこの津島傳兵衛が自ら叩き出すぞ」

と大喝《だいかつ》されて勝也が道場から飛び出ていった。

道場内に張りつめた緊張が漂った。

「津島先生、朝稽古の神聖なる場で不届きなる話の相手を致し、真に申し訳ございませぬ。それがしも本日は稽古をやめ、勝也どのを手伝い、町内の掃除に精《せい》を出します」

幹次郎が平伏《へいふく》して詫《わ》びた。

「神守どの、最前《さいぜん》のことだけではござらぬ。勝也め、体が大きくなり道場稽古についてこられるようになって、いささか慢心《まんしん》致し勘違いを起こしておりましてな。いつの日か、忠言しようと思っておったところです。また、若い勝也を唆《そその》かした者がこの中におるような。神守どのが話された小僧の爪の垢《あか》でも煎《せん》じて飲ませとうござる」

傳兵衛が住み込み門弟衆をじろりと睨み回し、門弟の何人かが顔を伏せた。

幹次郎は雑巾を手に井戸端《いどばた》に出て、雑巾を桶で洗い、絞ったあと、釣瓶《つるべ》で顔を洗う桶に新たな水を汲《く》み上げ、顔と手を洗った。そして、気持ちを切り替えて道場に戻ると、見所横で座禅《ざぜん》を組んで瞑目《めいもく》した。

勝也の話しかけを無視すればこのような事態を引き起こさなかったものをとの

悔《く》いがあった。また同時に津島傳兵衛が若い門弟の慢心を察して叱声を浴びせたことを指導者として的確な措置《そち》であったと理解していた。

それでも幹次郎の気持ちは晴れなかった。そこで稽古を始める前に無念無想《むねんむそう》、座禅をすることにしたのだ。すると、勝也の仲間の若侍《わかざむらい》たちが幹次郎の隣に座ると座禅を始めた。

幹次郎はその気配を察しただけで無の境地に自らを導いた。

どれほどの時が過ぎたか。

津島道場に割《わ》れ鐘《がね》のような大声が響き渡った。

幹次郎は瞑想を解くと静かに両目を開いた。すると傍らで重田勝也の仲間の峰《みね》村三郎次《むらさぶろうじ》、佐竹文次郎《さたけぶんじろう》、池上悟《いけがみさとる》の三人の若侍が座禅に痺《しび》れを切らしてか、体を震わしていた。

「おおっ、そなたらもそれがしに付き合《お》うたか」

「いささか考えるところがございまして」

峰村三郎次が応じて、

「座禅も厳しいものですね」

と胡坐を解いて、ほっと安堵《あんど》の顔を見せた。

幹次郎は道場の入り口を見た。旅仕度《たびじたく》の浪人者か、草鞋のままで道場に踏み込もうとしていた。

「あいや、しばらく。何用か知らぬが、草鞋のまま道場に上がることは許さぬ」

師範花村栄三郎《はなむらえいざぶろう》がその者たちの前に立ち塞《ふさ》がった。

「面白い。われらは関八州《かんはっしゅう》のいずこなりとも草鞋履《ば》きで押し通って参った。できるなれば止めてみよ」

浪人者の先陣を切るように、総髪《そうはつ》の浪人が手にしていた鉄棒《かなぼう》を構《かま》えた。

花村栄三郎の手には竹刀《しない》があり、

「通ると言うなれば見事に押し通ってみよ」

稽古用のそれを構えた。

鉄棒は金棒とも書く。本来は鉄棒は頭にいくつかの鉄輪《かなわ》を付け、夜廻《まわ》りや祭礼《さいれい》の先頭で地面を突き鳴らして歩く道具だ。だが、五尺《しゃく》（約百五十二センチ）余の鉄棒は武器としてもなかなかの道具であった。

津島傳兵衛が道具の不利を悟り、動こうとした。

「津島先生が相手をなさる輩ではございませぬ。それがしにお任せくださいませぬか」

と幹次郎が願うと、

「願おう」

傳兵衛があっさりと幹次郎にその役を譲った。

幹次郎が座禅を組んだ姿に、勝也の相手をした悔いがあることを傳兵衛は承知していたのだ。

木刀を手に入り口に向かった。

松平定信の寛政の改革がうまく進まぬせいか、関八州にも無頼《ぶらい》の徒《と》が横行し、八州廻りがその取り締まりに忙殺《ぼうさつ》されていた。そして、八州廻りに追われた連中が江戸に逃げ込んで、お店《たな》ばかりか町道場に押しかけ、草鞋銭を強要《きようよう》する出来事が頻発《ひんぱつ》していた。

それにしても江戸で、

「下谷山崎町の津島道場」

は、そうした者たちにとって鬼門《きもん》であるべき道場だったが、この者たち、そのことを知らぬようであった。

幹次郎が、必死の形相《ぎようそう》で竹刀を構え土間に仁王立《におうだ》ちになった花村栄三郎の傍らに立つと、相手は五人組というのが分かった。

どうやら頭分《かしらぶん》は古びた陣羽織《じんばおり》と軍扇《ぐんせん》を握った壮年《そうねん》の武芸者《ぶげいしゃ》のようであった。

「津島先生や花村師範が相手する輩ではござらぬ。下谷山崎町の香取神道流、津島傳兵衛道場がなんたるかも知らぬ偽《にせ》武芸者にござろう。大方、ひとり頭二文三文ほどの草鞋銭を欲しさにかような真似《まね》をしているものと思われます。それがし、生憎《あいにく》小銭の持ち合わせがございませぬ。致し方ありませんが、師範に代わりて相手を致します。お許しくだされ」

「神守どの、それがしも一文銭は持たぬ」

「ならば道場に立ち入らせることもございますまい。土間でようございましょう」

幹次郎と栄三郎のやり取りに鉄棒を構えた総髪が満面を朱《しゅ》に染めて、

「好き放題にわれらを愚弄《ぐろう》致しおったぞ。各々方《おのおのがた》、もはや手加減《てかげん》無用、道場を叩き壊せ！」

と下知《げち》するとするすると引き下がり、勝負の場を設けた。

最も後ろに軍扇を手にした壮年の武芸者が控え、その前の三人が薙刀《なぎなた》や刀を抜き、さらに先頭に鉄棒を構えた総髪、という布陣を取った。

幹次郎と鉄棒の相手との間には三間《けん》（約五・五メートル）ほどの空間があった。

「参る」

幹次郎が木刀を片手に板の間から裸足《はだし》で下りると高々と突き上げた。

その構えを見た軍扇が、

「こやつ、なかなかの腕と見た。上総《かずさ》、油断をするでないぞ！」

と鉄棒に注意した。

幹次郎は臍下丹田《せいかたんでん》に力を溜《た》め、腹の底から声を絞り出した。

「きええっ！」

豊後国岡藩《ぶんごのくにおかはん》の城下を流れる玉来川《たまらいがわ》の河原で旅の老武芸者から習った薩摩御家《おいえ》流儀《りゅうぎ》の示現流《じげんりゅう》独特の気合いが下谷山崎町に響き渡り、幹次郎が数歩走ったかと思うと石畳を蹴《け》って高々と跳躍《ちょうやく》していた。

なんとも凄《すさ》まじい跳躍だ。

「ちぇーすと！」

虚空《こくう》でふたたび気合いが口を衝《つ》き、鉄棒を虚空へと構えた総髪の体を押し潰《つぶ》すように飛び下りてきた幹次郎の木刀は、構えた鉄棒を委細《いさい》構わず叩きつけると鉄棒がへし曲がり、さらに総髪の肩口《かたぐち》を強打してその場に昏倒《こんとう》させた。

圧倒的な攻撃に立ち竦んだ三人の胴や腰や足を幹次郎の木刀が次々に殴《なぐ》りつけ、

さらに軍扇を捨てて刀を抜きかけた壮年の武芸者の喉《のど》を木刀の先端が突いて、門の外まで突き飛ばしていた。

一瞬の勝負だった。

津島傳兵衛道場の門弟衆が道場内からこの一瞬の決着を見て、言葉をなくしていた。

「神守どの、それがしの出番が残っておらぬではないか」

どことなくほっとした様子の花村栄三郎の声が間延びして聞こえ、
ふっふっふふ
と満足げな津島傳兵衛の笑い声が響いて、

「神守幹次郎、恐るべし」

と呟いた。

二

神守幹次郎は下谷山崎町から、新寺町通《しんてらまちどお》りと北側に並行して延びる通りを疏水《そすい》に沿って歩いていた。

門弟らが五人組に水をぶっかけ、意識を取り戻させると、痛みと恥辱《ちじょく》に顔をしかめ、茫然自失《ぼうぜんじしつ》する道場破りに花村師範が懇々《こんこん》と説諭《せつゆ》した。

「そのほうら、江戸を知らぬによってこたびはこの程度で許す。じゃが、そなたら程度の腕で道場破りは命取りになる。これに懲《こ》りて、国に戻り地道《じみち》に働け」

門弟らが五人組を立たせ、門から追い出した。

「吉原裏同心どのにかかっては八州荒らしも形無《かたな》しじゃな」

と花村師範が言うところに、

「ああ、あいつ、鉄棒を忘れていきおったぞ」

と峰村三郎次が叫び、

「門前に立てかけておけ。曲がった鉄棒じゃが商売道具じゃによって明日からの暮らしに困ろう」

と花村が三郎次に命じて、一件落着《いっけんらくちゃく》した。

幹次郎はこの日、朝稽古の出鼻《ではな》をくじかれたようで早々《そうそう》に津島道場を引き揚げてきたところだ。

浅草寺の西側の塀《へい》にぶつかり、右に曲がるか左に行くか迷った。左、つまり北へと進むほうが吉原には近い。

だが、幹次郎は重田勝也のことが気になり、浅草寺に参拝していくことにして、南へと曲がり、浅草寺寺領の田原町《たわらまち》三丁目の角を広小路へと向かった。そして、町屋をゆっくりと進み、雷御門に出たところで声をかけられた。

「裏同心どの、どこぞに遊びの帰りか」

振り向くと面番所《めんばんしょ》の隠密廻《おんみつまわ》り同心村崎季光《むらさきとしみつ》だった。よく見ると村崎の立つ路地奥に町奉行所同心や御用聞きが屯《たむろ》して、その一角に緊張があった。

「道場の帰りにござる」

幹次郎は探索の様子を気にしながら答えていた。

「津島道場は下谷山崎町であったな、なぜ遠回りして雷御門前を通られる。道場の帰りではないな、女と逢い引きにござるか」

「なんということを言いなさる。いささか道場で気にかかる出来事がござったでな、浅草寺にお参りして気分を一新しようと思うたまでにござる」

ふん、と村崎同心が鼻で返事をした。

「それより村崎どのこそ、なんの御用で雷御門におられる」

「本日は非番でな、であるのに奉行所に出たのがそもそもの間違いであった。ほれ、向こうの路地奥に質商《しちしょう》小川屋《おがわや》八兵衛《はちべえ》と看板が見えぬか、あちらに押し込み強盗が入り、主《あるじ》夫婦と子供三人、それに住み込みの奉公人のふたりの都合《つごう》七人が斬り殺されて、金品《きんぴん》が奪われたのじゃ。七人も殺されたというので、こちらも駆り出された。定町廻《じようまちまわ》りの手伝いよ」

「七人殺しですか、大事《おおごと》ではございませぬか」

「大事件ではあるが村崎季光には関わりがない。定町廻り同心を助《す》けても一文にもならぬ」

と村崎が言い切った。

「非情極《ひじようきわ》まる凶行《きようこう》、さぞ大勢での押し込みにござろうな」

「近ごろは不逞《ふてい》の輩が関八州から入り込んでおるからのう。じゃが、こたびの押し込みは手慣れた者、ふたりか三人の少人数で速《すみ》やかに行われたようだと、定町廻りでは見ておる」

「ほう、それはまたどうしてでございますな」

「四人の傷は首を一撃で断たれ、三人は突き傷じゃそうな。つまり凶行に関わった者は技の違うふたりと見ておるのだ」

「盗まれた金子はいかほどで」

「いくら裏同心というても、そなたの異名《いみよう》が通じるのは吉原内だけだ。あんまり他人様《ひとさま》のことを根掘《ねほ》り葉掘《はほ》り詮索《せんさく》せぬことだ」

「それがしに心当たりがあると言うても、村崎どのはそう申されますかな」

「なにっ、心当たりがあると言うのか。いい加減なことを申すと承知せぬ。うちと違い、定町廻りの調べはきついぞ」

「その者たちはいくら盗んだので」

幹次郎は重ねて問うた。

「二百三十七両に質草《しちぐさ》の櫛《くし》笄《こうがい》、慶長大判《けいちようおおばん》の十両など金額にしておよそ四百両は下らぬそうな。通いの番頭《ばんとう》がざっと調べた結果だ」

「その者たちが引き揚げたのは夜明け前ということはございませぬか」

「そなた、本気でなにかを承知しておると言うのか」

「この雷御門裏を抜けた折り、殺気立ったふたり組に出会いました。着流しの浪人のほうがそれがしに斬りかかるのではと思うたほどです」

待て、と村崎が路地に駆け込み、同僚になにごとか告げていたが、幹次郎に向かって手招きした。

御用聞きの手先らが捕縄《とりなわ》を張って野次馬が入り込まぬように見張る中、幹次郎は縄を潜ってふたりのもとに行った。

村崎の朋輩《ほうばい》の定町廻り同心は、さすがに面《つら》つきも険しく動きも機敏《きびん》そうな人物だった。年のころは三十代半ばか。

「そなたが吉原の裏同心どのか」

と幹次郎に言った相手が、

「南町奉行所定町廻り同心桑平市松《くわひらいちまつ》にござる。以後宜《よろ》しくな」

と挨拶した。

「神守幹次郎にございます」

幹次郎も丁寧な挨拶を返した。

「そなた、明け方に怪《あや》しげなふたり組と遭遇《そうぐう》したそうな。どこでじゃな」

「この路地の入り口付近でござった。早朝稽古へ向かう折りゆえ、七つ（午前四時）前かと存ずる」

「姿かたち、形《なり》はどうか」

首肯《しゅこう》した幹次郎は、

「ひとりは痩身でござった、身丈《みたけ》は五尺七寸《すん》（約百七十三センチ）余でしょうか。無紋《むもん》の黒の絹小袖《きぬこそで》の着流しに黒鞘《くろざや》の刀を落とし差し、頬が殺げておるのは常夜灯のかすかな灯りで見ておりますす、歳はそなたと同じくらいか。もうひとりは破れた三度笠に道中合羽の渡世人の形でした。おそらく形通りの渡世人と見ました。小太りで身丈は五尺五寸（約百六十七センチ）か。顔はよう確かめておりませぬ。肩から振り分け荷を担いでおったが、その荷がなんとも重そうに見えました」

「盗んだ金子を振り分け荷にしていたのだぞ」

と村崎が叫んだ。その村崎の言葉を無視して桑平が幹次郎に言った。

「さすがは吉原の腕利きの裏同心どの、伊達《だて》に吉原会所も雇うてはおらぬな。すれ違っただけというに観察が行き届いておる」

「一瞬、着流しの浪人とは睨み合いましたでな」

と幹次郎が応じ、さらに反問した。

「それがしが出会《でお》うたふたり組に心当たりがありそうなお言葉にござるな」

「いくつかの代官所《だいかんしょ》から江戸町奉行所にも手配書が回ってきておりましてな。手配書によれば、痩身の剣客《けんかく》は加賀《かが》の出と称しているようですが、無宿者の百瀬十《ももせとお》三郎《ざぶろう》、もうひとりの渡世人は野州《やしゅう》無宿の浅間《せんげん》の稲吉《いなきち》と身許《みもと》は割れており申す」

と桑平が即座に言い切った。すると傍らから村崎が口を挟《はさ》んだ。

「ほう、裏同心どの、お手柄じゃ。日ごろよりそれがしと付き合い、人物観察の遣《や》り方を見よう見真似で覚えたか」

「村崎どの、そなたの指導宜しきを得て、かようにお役に立ててなによりでござった」

と幹次郎が答えると桑平が同僚の村崎をちらりと見て、せせら笑った。

「吉原会所に骨抜きにされた隠密廻り同心のものの見方が役に立つとは思えぬ。そなたら、三度三度二の膳付きの上、送り迎えは会所の舟じゃそうな。われら、定町廻り同心が一日何里《なんり》江戸市中を汗水垂《た》らして歩き回っておるのか、承知か」

「さあて」

と村崎が顎《あご》を撫《な》でた。

「だが、それがしが手助けに出たでこうして質商一家殺しの下手人《げしゅにん》が知れたではないか。もっとも江戸で四百両もの稼《かせ》ぎをしたのだ、今ごろは関八州を避けて、東海道筋《とうかいどうすじ》を上方《かみがた》へと逃げておろうな」

「村崎どの、そなた、こやつらの考えを知らぬな。江戸は住む者百万の大都《だいと》じゃぞ。奴ら、上州《じょうしゅう》から野州付近で押し込みを重ねて、江戸の人の渦《うず》の中に身を隠したのだ。直ぐに逃げ出すものか、この人込みに隠れて、ひっそりと潜《ひそ》んでおるわ」

「そうかのう」

村崎は南町奉行所でも軽んじられている様子があった。だが、当人は気づいている風はない。

「それより大金を手にしたのだ。今晩辺り吉原に潜《もぐ》り込むかもしれぬ」

「いくらなんでも、この浅草寺と吉原は目と鼻の先、吉原に遊びに来るとは思えぬ」

「関八州辺りでくすぶっていた者にとって、吉原がどれほど憧《あこが》れの地かお分かりか、村崎どの」

「桑平どの、それがし、父の代からの隠密廻り、面番所勤務じゃぞ。吉原の裏も表も承知しておる。そやつらが吉原の大門を潜った途端、それがしがお縄に致す」

「百瀬十三郎は一刀流《いっとうりゅう》の遣《つか》い手、おぬしの腕では太刀《たち》打ちできぬ。その折りは神守幹次郎どのの手を素直に借りることだ。それがおぬしのためだ」

「ちえっ」

と舌打ちした村崎が、

「定町廻りを手伝《てつど》うてこの言われようだ。用がなければ帰るぞ」

「下手人の身許は分かったでな、村崎どのに用はない。じゃが、神守どのにはこれからも手助けしてもらうことがありそうじゃ」

と桑平が幹次郎の顔を見た。

「他に思い出すことはござらぬか」

「そう問い直されれば、百瀬の体からうっすらと香の匂いがしたように思います。じゃが、香道《こうどう》には詳《くわ》しゅうはござらぬでそれ以上のことは分かりません」

「香の匂いな。血腥《ちなまぐさ》い稼業《かぎょう》の者はよく香の匂いを炷《た》き込めたり、匂い袋を身につけているという。必ずやそなたの観察を役立ててみせる」

と桑平が言い切り、幹次郎に一礼した。

村崎と幹次郎は肩を並べて仲見世通りに出た。幹次郎が本堂へと進むと村崎も従ってきた。

「非番ではございませんので」

「八丁堀《はっちょうぼり》に戻っても頭痛持ちの女房と食べ盛《ざか》りの腹っ減らしの倅《せがれ》ふたり、それに口やかましい上に病に臥《ふ》せったお袋がおるだけだ。面番所で時を潰して戻る。あそこなれば食いものはただの上に舟で八丁堀まで送ってくれるからな。どうだ、裏同心どの、そなたの知り合いの新造《しんぞう》をこちらに回してくれぬか」

「昼遊びをなさると言われるので」

「非番じゃぞ、遊んで悪いわけはなかろう」

「面番所の同心が吉原で馴染《なじみ》を作っては明日から差し障《さわ》りはございませぬか」

「差し障り？　なんじゃそれは」

「一度でも同衾《どうきん》すれば情が生じます。もしその女郎がお調べに関わるようなとき、村崎どのの尋問《じんもん》が鈍《にぶ》りましょう」

「一度寝ただけの相手に情など移るものか。どうだ、そなたの馴染の遊女の中から選《よ》りすぐりをひとり貸してくれぬか」

「それがしには馴染など一人《いちにん》もおりませぬ」

「薄墨太夫《うすずみだゆう》とは相思相愛《そうしそうあい》の間柄というではないか」

「それがし、薄墨太夫とお付き合いはございますが、村崎どのが考えるようなものではありませぬ。ゆえに村崎どのが薄墨太夫と懇《ねんご》ろになられるのに、それがしなんの文句もございませんん。ああ、ご存じと思いますが、太夫とは初会《しょかい》で床入《とこい》りは無理にございます。いくら面番所の同心どのとは申せ、いきなり三浦屋《みうらや》に揚がるのも仕来《しき》たりに反します。七軒茶屋《しちけんぢゃや》の山口巴屋《やまぐちともえや》にお揚がりになって、玉藻《たまも》様に交渉なさることですな。吉原会所の用心棒風情《ふぜい》ではなんの役にも立ちません」

「馬鹿を申せ。それがしが言うておるのは薄墨太夫と寝ようという話ではないわ。まだ吉原の毒に染まっておらぬ若くて無垢《むく》な新造をなんとかしろと申しておるのだ」

「美姫《びき》三千人とは大仰《おおぎょう》ですが、まあ羅生門河岸《らしょうもんがし》の局見世女郎から雲の上の高尾《たかお》太夫、薄墨太夫まで数多《あまた》多彩に遊女が客を待っております。どの辺りが好みですかな」

幹次郎の冗談に村崎同心は真剣に乗ってきた。

「大見世《おおみせ》（大籬《おおまがき》）はよくない。中《ちゅう》見世（半《はん》籬）でな。最前も言うたが座敷持になって一、二年、まだ初心《うぶ》な気持ちを残した美形なればそれでよい」

「ご予算をお伺《うかが》い致しましょうか」

「なに、そなた、面番所同心が遊ぶというに金を取る気か」

「吉原はどのような遊女も売り買いによって成り立っております。いくら面番所役人といえども仕来たり通りの登楼代と処々方々《しょしょほうぼう》への心づけは願います」

「馬鹿馬鹿しい、この村崎季光が遊ぶのに銭を取るというのか。金を払うなれば、なにもそなたに頭を下げる要がないではないか」

「全くもってその通りにございます」

と応じた幹次郎が大香炉《おおごうろ》の前で足を止めて、線香の煙を手ですくい、わが身につけた。

その行動を村崎季光がじいっと見ていた。

「そなた、妙な人物じゃのう。非情の剣さばきを見せるかと思うと、えらく抹香《まっこう》臭《くさ》いことを大事にしおる」

「おかしゅうござるか」

「なにやらちぐはぐな感じじゃな」

「それがしの胸の中では平仄《ひょうそく》は合《お》うております」

「であろうな」

幹次郎も、吉原に流れついてしばらくはまともに口を利いたことがなかった面番所の隠密廻り同心と親しく付き合うようになり、一代かぎりの町方《まちかた》同心の身の立て方にそれなりの苦労があることを感じられるようになっていた。幕府の下級役人の同心にとって、職の保証は、

「出る杭《くい》」

には決してならぬことだ。だが、ときには手柄を立てる必要もあった。南北両町奉行所で花形《はながた》の、

「三職」

といわれる定町廻り、臨時《りんじ》廻り、隠密廻りの一職である隠密廻り面番所詰めをなんとしても腹っ減らしの嫡子《ちゃくし》に継がせたいと考えているのだ。口先ではあれこれと言う村崎も本心は隠していた。

本堂では村崎同心も殊勝《しゅしょう》げに合掌《がっしょう》した。

そのあと、ふたりは奥山を抜けて境内の北側に出ようとした。

「おや、わが師匠の一座はお休みか」

出刃打《でばう》ち一座の見世物小屋には別の芝居一座が入っていた。

「なに、そなた、知らぬのか。紫光《しこう》太夫の一座はただ今陸奥《むつ》一円《いちえん》にどさ回りに出ておるのだ。夏が終わらねば奥山には戻ってこぬ」

「村崎どのは吉原外のことでもよう承知でございますな」

「裏同心どの、吉原の中だけを見ていては厄介《やっかい》ごとの解決はできぬ。吉原はたしかに世間とは隔絶《かくぜつ》された遊里《ゆうり》じゃがな、厄介ごとは大門の外とつながって起こることが多い。そのことを考えんでは吉原会所の裏同心とはいえまい」

「いかにもさようでした。それがし、大いに知恵をつけられました」

幹次郎の返事に村崎が満足げに笑った。

「ですが、紫光太夫と吉原がどう関わりを持つのでございますか」

「そなたに惚《ほ》れた紫光太夫の動静じゃ、知っておかんとな」

「知っておくと、どうなります」

「そ、それは」

と村崎が言葉を詰まらせた。

ふたりはしばらく無言で奥山を通り、浅草寺の境内の北側に出ると畑屋敷に抜けた。さらに浅草田圃を黙々と横切って五十間道《ごじっけんみち》の途中に出た。すると大門に日差しが当たり、その前に棒手振《ぼてふ》り連中が天秤棒《てんびんぼう》を下ろし、竹籠の中に野菜や花を並べて商いしているのが見えた。

「そなた、売れっ子の紫光太夫がどさ回りを引き受けた理由《わけ》を知らぬのか」

「師匠が在所回りをしているのも知らなかったくらいですから」

「そうか、そうじゃな。諸説あってな」

「えっ、師匠が在所回りを引き受けた理由がいくつもあるのですか」

「そういうことだ。ひとつは、仙台《せんだい》だかの興行を仕切る親方が紫光太夫の芸と気《きっ》風《ぷ》と美貌《びぼう》に惚れて、大金を出して呼んだというもの」

「さもありなんですね。となると師匠はひと稼ぎして江戸に戻ってこられる」

「ふたつは、惚れた相手に袖《そで》にされ、奥山にいるのが辛《つら》くなったのでどさ回りに出たという説」

「惚れた相手ですか、だれです」

村崎季光が大門前で足を止め、指を突き出して幹次郎の顔を指した。

「それがし、ですか。それは全く考えられませんな。われらは出刃打ちの師と弟子の間柄にございます」

「そうかのう。それがしの調べによるとなかなか正鵠《せいこく》を射《い》た説のように思えるがな」

「まさか、村崎どのはそのことを調べるために師匠の出刃打ち芸を見物に行かれたというわけではないでしょうな」

「いかぬか」

と言い捨てた村崎同心が非番にもかかわらず大門を潜り、面番所に入っていった。

幹次郎はしばし大門前に佇《たたず》んでいた。そして、

(なんとも奇妙な一日じゃぞ)

と考えながら、大門を潜った。

三

吉原の背骨ともいえる仲之町《なかのちょう》の通りにも物売りが出ていて、気怠《けだる》いような長閑《のどか》さが漂っていた。昼見世《ひるみせ》を前にした刻限は五丁町《ごちょうまち》のどこの通りも半醒半睡《はんせいはんすい》の状態で、一日の始まりを前にして本式に目覚めてはいなかった。

神守幹次郎は、一夜の夢を過ごした客らの大半が引き揚げた吉原の、この刻限が吉原らしくて好きだった。

このような倦怠が濃密に詰まった刻限は、祭礼のあとくらいしか世間には見当たるまい。ということは、吉原は毎夜、

「欲望を満たす祭礼《ハレ》」

を繰り返している場所かもしれないと幹次郎は思った。

客は遊女に真心を求め、遊女は手練手管《てれんてくだ》で客に虚飾《きょしょく》の愛を売った。少なくとも夜明け前、客が吉原を去る後朝《きぬぎぬ》の別れまで、客に夢を見続けさせるのが遊女の務めだ。

大門の外に出れば、男たちには現《うつつ》が待っていた。そんな遊客と女郎の駆け引

きを取り結ぶのが黄金色《こがねいろ》の小判や小粒だった。

客を送り出し、二度寝してようやく自分を取り戻した遊女が束《つか》の間《ま》の、

「私」

に戻れる刻限が今だった。

遊女たちが素顔に化粧をし、何枚もの小袖を重ね着したとき、吉原はふたたび、
虚の祭礼を繰り返すのだ。

幹次郎が和泉守藤原兼定《いずみのかみふじわらかねさだ》を腰から外すと、会所の腰高障子《こしだかしょうじ》が中から、
すうっ
と開かれた。

若い衆《わかいし》の金次《きんじ》が幹次郎の訪れに気づいて、戸を開く機を見計《みはか》らっていたらしい。

「金次どの、花魁の出に合わせたようで見事じゃが、それがしではな、一文にもならぬし、華《はな》もない」

と幹次郎が苦笑いした。それに対して金次がにやりと不敵《ふてき》に笑い、

「面番所の村崎同心とごいっしょに出勤とは珍しゅうございますね」

と応じた。

近ごろ金次は吉原の裏も表も闇も光も承知して、吉原会所のたしかな一員に育

っていた。

「全くじゃな。村崎どのは非番の日じゃそうな」

「なんですって、非番に出勤とは心を入れ替えられましたかね」

「熱心に働かれていると思われたか」

「あの御仁《ごじん》がそんな殊勝な心魂《しんこん》を持ち合わせているはずがないか」

金次が言い切り、

「村崎季光どのは村崎どのなりに金子に執着《しゅうちゃく》する曰《いわ》くをお持ちのようだ。一概《いちがい》に非難はできぬとそれがし、反省しておる」

と応じた幹次郎は、奥に七代目はおられるか、と目顔《めがお》で金次に尋ねた。

「へえ、番方《ばんかた》と最前から話しておられます」

「ならば挨拶をして参る」

上がり框《がまち》の前に置かれた沓脱《くつぬ》ぎに足を乗せた。すると土間に接した板の間で小頭《こがしら》の長吉《ちょうきち》らが捕物の道具の手入れをしていた。

吉原の自治と安全を守るために六尺棒《ろくしゃくぼう》や捕縄《とりなわ》など最低限度の道具の所持は奉行所から黙認《もくにん》されていた。それほど時世《じせい》は乱れ、遊里で騒ぎを起こす者が増えていた。

長吉らに会釈《えしゃく》した幹次郎は奥座敷に向かった。すると坪庭《つぼにわ》に差し込む光が植えられた群竹《むらたけ》に当たる景色を見ながら、七代目頭取の四郎兵衛《しろべえ》と番方の仙右衛門《せんえもん》が茶を喫《きっ》していた。

「遅くなりまして申し訳ございません」

と廊下に座して詫びる幹次郎に、

「吉原に珍しく穏やかな日々が続いております。かようなときは娑婆《しゃば》で命の洗濯をするのも宜しゅうございますよ」

四郎兵衛が幹次郎を見て言った。一方、仙右衛門は、

「七代目、神守様と前の面番所同心がいっしょに出勤なんて滅多《めった》にある図じゃございませんや。なにか起こったに相違《そうい》ない」

落ち着いた声音《こわね》で言ったものだ。

仙右衛門は、浅草山谷町《さんやまち》の診療所の医者柴田相庵《しばたそうあん》の右腕お芳《よし》と夫婦《めおと》となり、この界隈《かいわい》の、

「お助け老先生」

と崇《あが》められる相庵の、事実上の入り婿《むこ》と入り嫁になっていた。

吉原の裏路地に生まれた幼馴染のふたりは長い歳月を経たあとに結ばれ、相庵

と養親子の絆《きずな》を得て、その昔、

「薬缶《やかん》の仙右衛門」

などと異名を取った番方は角《かど》が取れて、すっかりと円《まる》くなっていた。

「さすがに番方だ。いささか事情がございましてね」

前置きした幹次郎が夜明け前、雷御門近くで出会ったふたり組の話から、帰路同じ場で村崎季光に声をかけられた経緯《いきさつ》までを語った。

「えっ、雷御門の質商小川屋八兵衛一家と奉公人の七人が殺されたですって」

仙右衛門が驚きの声を上げた。

その声音には小川屋と付き合いがある感じがあった。

「どうやらそれがしが夜明け前に会ったふたり組の仕業《しわざ》らしゅうございましてな。関八州から追われて江戸に流れ込んだ無宿人百瀬十三郎と渡世人の浅間の稲吉と身許も割れているそうな」

定町廻り同心桑平から聞いた質商殺しの模様とふたり組の形、体つき、人相などを克明《こくめい》に告げた。すると仙右衛門が腰から矢立《やたて》を出して、ふたり組の特徴などを記し始めた。

浅草寺雷御門と吉原は指呼《しこ》の間《かん》だ。大仕事をやってのけたふたり組が吉原に潜り込むこともあるかもしれず、今後の用心のために記録を取っているのだ。

「身許が知れておるということは、江戸での稼ぎは小川屋が初めてではないのでございますか」

「いえ、七代目、そうではございません。上州、野州を中心に関八州を荒らし回り、代官所から手配書が江戸町奉行所に届いていたのでございます」

四郎兵衛が仙右衛門の筆の動きを見ながら尋ねた。

「番方、そなた、小川屋となにか付き合いがあったか」

番方が顔を上げて四郎兵衛を見た。

「昔の話でございますよ。わっしが駆け出しだったころ、遊ぶ金に困って大した品じゃございませんがね、あれこれと質入れしてその場しのぎをした質屋でございます」

「ほう、番方が質屋通いな。お芳さんは知るまいな」

「知りますまい。なにしろあんまり褒《ほ》められたこっちゃございません」

ふっふっふ、と四郎兵衛が笑った。

「世間では、江戸の質屋の主は強欲《ごうよく》なのが通り相場《そうば》と思っているようですが、小川屋では質草が流れそうな折りにもしばらく待ってくれましてね。わっしが仲間付き合いの不義理《ふぎり》をしなくて済んだのも小川屋があったればこそです。お調べが終わった頃合に線香を上げてきます」

仙右衛門が言い、四郎兵衛が頷《うなず》いた。

「百万からの人が住むという江戸です。毎晩のように非情な騒ぎが起こります。それにしても正直質屋の一家と奉公人の七人を皆殺しとは人のやることっちゃねえ、許せませんや」

「いかにもさよう。無紋の黒の絹小袖の着流し浪人百瀬十三郎も渡世人の浅間の稲吉もよほど関八州で阿漕《あこぎ》な仕事を重ねてきたらしく、七人を惨殺したあとというのに平然とした面つきでござった」

四郎兵衛が煙管を弄《もてあそ》びながら、

「こやつら、高飛びしていませんね。江戸のどこかにしけ込んでおりますよ」

「桑平同心も七代目と同じ考えのようで、こやつらに新たな殺しをさせてはならない、と言うておられました」

幹次郎の答えに四郎兵衛が頷き、

「番方、うちにもこやつらが遊びに来ないとも限りませんぞ。大門での警戒を強めましょうか」

と取り締まり強化を命じた。

「へえ、畏《かしこ》まりました。小頭に神守様がもたらしてくれた話を徹底させて大門の見張りをしっかりとさせます」

と番方が応じて、その話はいったん終わった。

「お父《とっ》つぁん、いるの」

廊下の奥から声がして七軒茶屋のひとつ、山口巴屋の女主にして浅草寺門前並《なみ》木町《きちょう》で料理茶屋山口巴屋をも差配する玉藻が姿を見せた。

白地《しろじ》の紬《つむぎ》を着た玉藻の額《ひたい》にうっすらと汗が光っていた。どこかへ出かけていて、たった今戻った感じだ。

「おや、神守様と番方。皆さん、お揃《そろ》いなの」

「廓内《なか》は静かじゃによってな」

と答えた四郎兵衛が、

「並木町を訪ねておったか」

「そう。どうかしたの」

「雷御門近くの質屋が押し込み強盗に入られたと承知か」

「そうそう、あの界隈は大騒ぎ。私も出入りの魚屋に一応の話は聞かされたわ。

知っている？　小川屋さんには番犬が二匹もいたのよ、その番犬も殺されたって」

四郎兵衛が幹次郎を見た。

「訊き込みに落度がございましたか。桑平同心も村崎どのも番犬まで殺されたとは話してくれませんでした」

「おや、神守様は関わりがあるの」

「そうではない、玉藻。神守様はそのふたり組に出くわされたのだ」

「えっ、ならばどうして取っ捕まえなかったの」

玉藻が幹次郎を見た。

「玉藻さん、神守様は朝稽古のため下谷山崎町に出向く途中でふたり組と出くわしたんですよ。そいつらが小川屋で七人も人を殺《あや》めてきたなんて知らなかったのです」

仙右衛門が幹次郎の見聞したことを手短《てみじか》に玉藻に告げた。

「なんだ、そういうことか。それにしてもひどい押し込みと思わない。吉原に遊びに来たら絶対に逃がしちゃだめよ」

玉藻が会所の重鎮《じゅうちん》らを叱咤《しった》した。

「仰《おお》せの通りにしたいがな、なにせ相手のあることだ。それより玉藻、わしになんぞ用事か」

「用事じゃないけど、報告がひとつあるの。それとももうご存じかしら」

玉藻が幹次郎を見た。

「それがし、本日は番方が説明された通り下谷山崎町の津島道場まで往復して最前こちらに着いたところにござる」

「昨夜、汀女《ていじょ》先生からなにごとかお聞きになりませんでした」

「格別になかったがな。あ、そうそう、玉藻様から鰹《かつお》の漬《づ》けを頂戴《ちょうだい》したとか、それで夕餉《ゆうげ》を食したことくらいじゃがな」

「汀女先生はお口が堅《かた》いものね。私に話す前にご亭主には話せないと思われたのね」

「なんぞ姉様《あねさま》にござったか」

近ごろでは並木町の料理茶屋山口巴屋の采配《さいはい》を汀女が任され、玉藻は二日に一度くらい汀女から商いの報告を受ける程度だった。

今朝は玉藻が並木町に出向いて汀女からなにごとか知らされたのであろう。となると汀女のことではなく、商いのことかと幹次郎は気づいた。

「川向こうから砂利場《じゃりば》の七助《しちすけ》親方が昨夕、おいねさんとうちに見えて食事をしていかれたそうよ」

おいねは三浦屋にいた萩野《はぎの》の本名だ。そのことを幹次郎は思い出していた。

「おや、砂利場の親方がね、おいねさんといっしょに山口巴屋に来られましたか。幸せを絵に描いたような話じゃございませんか」

仙右衛門が応じ、

「まさか家の中におられないほどの揉《も》めごとが起こったというわけではございますまいな」

と玉藻に問い返した。

砂利場の七助親方は、一代で砂利、石灰、庭石《にわいし》などの商いを大きくして今では江戸有数の砂利場の親方だった。おかみさんを早くに亡くした親方は倅ふたり、娘三人を立派に育て上げた。

そんな親方が仲間の寄合《よりあい》で吉原に揚がり、とある振袖《ふりそで》新造と深間《ふかま》になった。だが、女郎のほうは親方を利用しただけで、醬油《しょうゆ》を呑んでわざと病にかかり、楼の御寮《ごりよう》に病治療に出向いた。そこで示し合わせた男と足抜《あしぬ》きし、親方が女郎を落籍《ひ》したあと自分の住まいにと購《あがな》っておいた家に無断で入り込んで暮らしているのが吉原会所の知るところとなり、男と女郎のふたりは始末された。

いちばん馬鹿な目に遭《あ》ったのは七助親方だ。女郎に虚仮《こけ》にされた親方だったが、

「年寄りに夢を見させてくれた」

と女に感謝し、投込寺《なげこみでら》の浄閑寺《じょうかんじ》の弔《とむら》いにも出てくれた。

そんな様子を見た幹次郎は、四郎兵衛や薄墨太夫の協力を得て、小僧の竹松に一夜の夢を叶えてくれた振袖新造の萩野を親方に引き合わせたのだ。

親方と萩野の気性《きしょう》が合ったか、幹次郎らが考えた以上にふたりの仲は進み、親方の娘らも応援して、親方が萩野を応分の金子で三浦屋の抱えから落籍《らくせき》させて萩野は本名のいねに戻っていた。

それがつい先日のことだった。

「番方、早とちりしないで。おいねさんは汀女先生の話だと実にお幸せそうだったようよ。なんにおいても七助親方を立てて、家で待つ義理の倅和一郎《わいちろう》さんや末娘のおくまさんに土産《みやげ》まで願ってふたりで帰ったそうです」

「ほう、親方は幸せを汀女先生に見せに来たか。まあ、女房の出が出だ、吉原に女房連れで挨拶に来るというわけにはいかんしな」

四郎兵衛が自らを得心《とくしん》させ、

「神守様、お世話のしがいがございましたな」
と幹次郎に言った。
「お父つぁん、幸せはそれだけじゃないの」
「なにかあるのか」
「親方はおいねさんとうちで祝言《しゅうげん》を挙げたいと言うのよ」
「えっ、落籍した女郎と料理茶屋で祝言をするってか。子らもむろん承知しての
ことだろうな。それともふたりだけの祝言か」
「それが大違いなの。山口巴屋を借り切って、大勢の商売仲間を招いてお披露目《ひろめ》
をするんですって。倅さんや娘さん方が親方以上に張り切っているらしいわ。そ
れで昨夕は山口巴屋を貸し切りにできるかどうか相談に見えたのよ」
「商いの話を主に通さぬうちは、姉様がそれがしに言うわけはござらぬ。それに
してもなんとも目出度《めでた》い話ではございませぬか」
「おいねは三浦屋の中堅《ちゅうけん》どころの遊女ではございましたが太夫になる器《うつわ》ではご
ざいませんでした。吉原の外に出たばかりか、祝言まで挙げてもらえる。吉原で
落籍話は珍しいわけではございませんが、番方が申す通り幸せを絵に描いたよう
な話ではありませんか」

四郎兵衛が笑みの顔で言い、念《ねん》を押した。

「玉藻、親方の話、受けるんだろうな」

「汀女先生と相談し、黄道吉日《こうどうきちにち》を選んで祝言の場に有難く使っていただくことにしたの。ただこのところ先々まで予約のお客様で埋まっているのでまだ日取りは決めていません」

「祝いごとだ、なんとか工面《くめん》してやりなされ」

四郎兵衛が娘に言い、玉藻も頷き、さらに言い足した。

「親方は、こうも汀女先生に言ったそうよ。野暮《やぼ》は承知だが金はいくらかかっても構わない。料理人が足りなければ、その日何人でも臨時に雇うてくだされ、美《お》味《い》しいものを招客《しょうきゃく》に食べていただきたいと言い残して帰られたそうな」

「親方らしい気遣いにござるな」

幹次郎も小川屋の七人殺しへの怒りを忘れて、胸の中が温《あたた》かくなった。

「神守様、話はこれで終わりじゃないの」

「なんとまだ他にござるか」

「この話、三浦屋様の理解がなければ成り立たなかった話だから、三浦屋の四郎《しろう》左衛門《ざえもん》様と女将《おかみ》さん、それにできることなれば薄墨様もお招きしたいと申されたそうな」

「驚きましたな。落籍された遊女の旧主と朋輩太夫を祝言に招かれるというか。吉原にいた女房なら出を隠すのが世間じゃが、砂利場の親方として一代で成り上がった七助親方の気持ちは大きいな」

「四郎兵衛様、親方らしい大らかさでございます」

と幹次郎も喜んだ。

「それがでございます、神守様」

「まだございますので」

「お父つぁん、神守様も祝言にお招きしたいそうな」

「頭取は別にして、それがしはただ薄墨太夫に口を利いただけにございますでな」

「いえ、これは神守様でなければできなかった相談でございましたよ。目出度い話です、お受けなされ。むろん、私も出させてもらいます」

と四郎兵衛が言い、

「最後にひとつ」

「玉藻、小出しにあれこれと注文をつけよるな。なんだ」

「お父つぁんにではございませんよ」

「では、だれに注文だ」

「三浦屋の主様方は別にして、薄墨様が大門の外に出る話にございます。ゆえに神守様が三浦屋四郎左衛門様に断わった上、薄墨様外出《そとで》の許しを得てはくれまいかとの親方の頼みにございます」

幹次郎は玉藻から四郎兵衛に視線を移した。玉藻によると、親方は薄墨の勤めを邪魔する以上、その日の稼ぎ分は三浦屋に支払う、ただし、このことは当日まで薄墨には内緒にしてほしいとも言ったという。

「神守様、こりゃ、そなた様にうってつけの役目です。即刻三浦屋を訪ねてきなされ」

と四郎兵衛が命じた。

四

三浦屋を訪ねた幹次郎は、見世先で薄墨太夫が天女池《てんにょいけ》のお六地蔵《ろくじぞう》にお参りに行っていることを男衆《おとこし》に聞かされた。

「主どのと女将さんはおられるか」

「主夫婦なれば帳場《ちょうば》におりますよ」

幹次郎がしばし時をもらえないかと願うと直ぐに許しが出た。藤原兼定を腰から抜いて手に持った幹次郎は、とくと承知の三浦屋の大階段を回り込んで帳場に向かった。

さすがは天下の三浦屋だ。廊下の幅も広く、柾目《まさめ》の厚板が敷《し》かれ、柱一本一本が黒光りするほど磨《みが》き込まれていた。

吉原は天明七年（一七八七）十一月九日、角町《すみちょう》から出火した火事で廓中《くるわじゅう》が全焼し、灰燼《かいじん》に帰《き》した。

だが、大見世はどこも馴染の材木屋に現存する建物とそっくりの木組みを終えた材木建具を保管させていた。そして、新しい柱や板をわざと古色《こしょく》をつけて磨き上げていた。ゆえに大火で建物が焼失しても適度の古色を帯びた三浦屋が再現されて建つことになる。

三浦屋の主の四郎左衛門と女将の和絵《かずえ》は、縁起棚《えんぎだな》の前で昨夜の売り上げの帳付けをしていた。

「四郎左衛門様、お仕事中、邪魔をします」

幹次郎は廊下に座してこう切り出した。

「なんですね、神守様、他人行儀《たにんぎょうぎ》ですよ。座敷にお入りなさいまし」

和絵が長火鉢《ながひばち》の前を指した。

「こちらで手短にお聞きいただき、ご判断を仰《あお》ぎたい。それにて済む用件にございます」

「そこからでは話が通りませんよ、こちらにおいでなされ」

こんどは四郎左衛門にも招《しょう》じられて、幹次郎は帳場座敷に入った。そこで幹次郎が川向こうから伝えられた話を告げると、

「なんと落籍した萩野、いや、今はおいねさんでしたな、そのおいねさんと砂利場の七助親方は祝言を挙げると言いなさるか。おいねさんはなんとも大きな運を得たものですよ」

「あんた、私も長いことこの吉原で生きてきましたが落籍した遊女が祝言を挙げてもらい、元《もと》いた妓楼《ぎろう》の主夫婦や朋輩の花魁を祝いの席に招くなんて聞いたこともございませんよ」

と夫婦で口々に言い、

「それもこれも神守様がお膳立てしして萩野に幸せをもたらしてくれたのだ。おい

ねさんはいくら神守様に感謝してもし尽くせませんな。神守様、祝言の場に私らは喜んで出させてもらいます」

にこやかな顔で四郎左衛門が言った。

「薄墨太夫はいかがにございましょうか」

「仲間が幸せになる祝言の場です。薄墨がよいと言えば朋輩衆を代表してな、薄墨に出てもらいましょう」

「神守様、薄墨は揚屋町《あげやちょう》裏のお六地蔵にお参りですよ」

と女将が応じた。

「それがしが薄墨太夫の諾否《だくひ》を直《じか》に尋ねてようございますか」

「こいつは神守様でなければ、薄墨がうんとは応じぬかもしれませんでな。神守様がお話ししなされ」

「ならばこれより」

と帳付けの邪魔をしたことを詫びた幹次郎は、早々に帳場座敷を辞去した。

昼見世前の気怠さが終わり、新造女郎たちが大座敷で化粧をする傍らを抜けて表口に出た。

「ご用は済みなさったか」

と遣手《やりて》のおかねが幹次郎に話しかけた。

その手には日傘《ひがさ》があった。それだけ初夏の日差しが強くなったということだろうが、日傘がおかねのものとは思えなかった。

「終わりました。おかねさん、どこぞにお出かけか」

「薄墨様がお六地蔵にお参りに行っておりますでね、日傘を届けようかと考えておりました」

「それがし、四郎左衛門様と女将さんの許しを得てこれから薄墨太夫に会うところでござる」

「ならばちょうどよかった。日傘を届けてくれませんか。それとも会所の裏同心にこんなことを頼んではいけませんかね」

「造作《ぞうさ》もなきことにござる」

幹次郎はおかねの手から日傘を受け取り、三浦屋の暖簾《のれん》を分けた。

仲之町を進んだ幹次郎は、日差しを避けるようにとくと承知の揚屋町の狭い路地に入り込んだ。俗に、

「蜘蛛道《くもみち》」

と称する迷路だ。

すると五丁町の表通りとは全く違う暮らしの風景が次々に覗《のぞ》けて見えた。

蜘蛛の糸さながらに張《は》り巡《めぐ》らされた路地には吉原の暮らしを支える小さな店がつながり、豆腐、野菜、味噌、醬油、油、米、雑貨、質屋とあらゆる商いが揃い、職人衆も住んでいた。また裏路地には何軒か手習い指南《しなん》の塾や湯屋もあり、さらには芸者の師匠の家から三味線《しゃみせん》の稽古の調べが聞こえてきたりした。

幹次郎は顔を合わせた住人とは声を掛け合い、奥へと進んだ。

曲がりくねった路地の向こうに初夏の光が白く降っていた。

その瞬間、幹次郎は五体に違和《いわ》を感じた。

うむ
と幹次郎は狭い路地で足を止め、辺りを見回した。だが、異変は感じられなかった。一瞬だけ五体に感じた違和は、

(こちらの勘違いか)

と思い直した。

幹次郎はふたたび日傘を斜《なな》めに提《さ》げて進み始めた。

不意に視界が開けた。

天女池を中心にしたわずかな空間、吉原の住人の憩《いこ》いの場だ。

吉原の表しか見ぬ遊客の知らない、全く別の吉原がそこにあった。天女池の縁《ふち》に桜の木が植えられており、その下に野地蔵のお六地蔵が安置されていた。

三浦屋の売れっ子太夫の薄墨はこの場所が好きで、昼見世前によくお参りに来た。この日も禿《かむろ》ひとりを連れた薄墨が白地の単衣《ひとえ》を着て、光の中に立った姿は一幅《いっぷく》の絵のようだった。

「薄墨太夫」

と幹次郎が呼ぶと薄墨が振り返り、しばし幹次郎を見て、

「神守幹次郎様、ただ今は束の間、加門麻《かもんあさ》にございます」

と言い返した。

薄墨の出は武家《ぶけ》だ。そのことを幹次郎も汀女も承知していた。ために薄墨は幹次郎の前で、本名の加門麻に戻るときがあった。

吉原の公《おおやけ》の場では許されることではない。だが、幹次郎といるときだけ、束の間、本名に戻った。

むろん遊びである。遊びゆえにその瞬間を薄墨は大事にしていた。

幹次郎はそんな薄墨の想いを察して付き合った。

それは天明七年の火事の最中、猛火の三浦屋に取り残された薄墨を、体を張って幹次郎が救い、薄墨が救われたことから生じた、

「か細い絆」

であった。

生涯遊女で過ごす、吉原で果てると覚悟したゆえにできる遊びだった。そのことを三浦屋四郎左衛門も承知ゆえ、薄墨の遊びを見て見ぬふりをしていた。

「麻様、日傘を」

と幹次郎がおかねから預かった日傘を広げて差しかけた。

「有難うございます」

と麻は礼を述べたが、日傘を受け取ろうとはしなかった。ために幹次郎は差しかけたままで顔と顔を接近させて話すことになった。

薄墨に従っている禿はまだ幼く、太夫のことよりも以前放生会《ほうじょうえ》で放された小鮒《こぶな》や泥鰌《どじょう》が泳ぐ姿に見惚《みと》れていた。

「砂利場の七助親方が昨夜、並木町の山口巴屋においねさんを連れて見えたそうな」

「おいねさんは幸せでしょうね」

「麻様、幸せかどうかはそれがしが話す用件でご判断くだされ」

「なんでございましょう」

幹次郎は親方が汀女に言い残した用件を繰り返した。

「なんとまあ、羨《うらや》ましいことでありんすわいな」

加門麻が幹次郎におどけて言い、幹次郎の手を取ると蜘蛛道に戻り始めた。その後ろから禿が黙って従ってきた。

「四郎左衛門様も女将さんも、落籍話は珍しくはないが妓楼の主夫婦や朋輩を呼んで祝言を挙げるなど、聞いたこともないと驚いておられました」

「神守様も汀女先生も呼ばれておりますので」

「はい」

「お出になりますね」

「姉様から直にこの話は聞いておりません。ゆえに返事は分かりません。ですが、おそらく姉様も喜んで出ると言うでしょう」

「旦那様と女将さんは私の出席についてどう言われました」

「太夫がよいと言えば朋輩を代表して出てもらいましょうと申されました」

「ならば私も出させてもらいます。それにしても神守様は他人《ひと》に幸せをもたらす神様にございますね」

「いえ、それがしは周りの気持ちに動かされただけですぞ。なにをしたというわけではない」

「なのに神守様はこの加門麻のことだけは幸せにしようとはなさらない」

幹次郎は蜘蛛道の入り口で足を止めた。

「それがし、だれよりも加門麻様に幸せになってほしいと思うております。じゃが、薄墨太夫には数多の上客《じょうきゃく》がついておられる。またその何人かは薄墨太夫がうんと答えられるならば何千両もの大金を四郎左衛門様の前に積むと言うておられるそうな。そのようなお方々がいるというのにどうしてよいものか、会所の用心棒にはただ見守るしか術《すべ》はございません」

「加門麻はおいねさんのように落籍されたとしても幸せが待っているとは思えないのでございます。ならば、この狭い廓の中で遊女の暮らしを全《まっと》うしてみたい」

加門麻が言い切り、幹次郎の手をぎゅっと握り、離した。

その瞬間、幹次郎は最前感じた違和、だれかに見張られているような、「眼」を意識した。

吉原会所に拾われて暮らしが落ち着いた。その代償に多くの修羅場《しゅらば》を潜ってきた。命のやり取りをして斃《たお》した相手もいた。だから、どのような反撃が待ち受けていたとしても不思議ではない。その覚悟もして生きてきた。

だが、こたびの違和は神守幹次郎に向けられたものではない、と幹次郎は感じていた。

加門麻から薄墨太夫に戻るときだと幹次郎は判断した。

「薄墨太夫、ちとお伺いしたい」

「改まってなんでございます」

「太夫のお客の中にいささか危《あや》ういと思えるお方はございませぬか」

薄墨が幹次郎の顔を見つめた。

幹次郎はまだ日傘を差しかけていたことを思い出し、横手に流すとすぼめた。

すると薄墨の顔に訝《いぶか》しさが漂っているのを見た。

「いえ、最前蜘蛛道の中でだれかに見張られているような、そんな気が一瞬したのでござる。じゃが、それは一瞬で消えた。ゆえにそれがしの勘違いと思うておったが、今もどこぞから見張られておる」

薄墨が周りを見回そうとした。

「見ても無駄《むだ》にござる」

薄墨の目に不安が過《よぎ》った。

「なぜわちきが狙われていると思われなさる」

「なんの証《あか》しもござらぬ。じゃが、こたびの視線、なぜかそれがしに向けられたものではないような気がしてな」

「あるいはわちきと神守様のふたりに向けられたもの」

「ということも考えられる。じゃが、それがしには格別その心当たりはござらぬ」

「わちきにも」

「太夫のお客筋はどなたも世間に知られた人物ばかり。このようなことをなされる御仁を思いつかれますまいな」

「さあて」

と薄墨が思案《しあん》するふりをした。

「新たな客に不審《ふしん》を抱かれたということはございませんか」

幹次郎が問いを重ね、薄墨がしばし間を置いて返答した。

「ございません」

薄墨の返答にどこか迷いがあるように幹次郎には思えた。

大見世の三浦屋の太夫を指名するほどの客たちだ。名の知れた人物を簡単に疑い、その名を口にすることは薄墨にも憚《はばか》られたのだろうか。

「太夫、なんぞ懸念がございますれば、いつなりとも使いを立ててくだされ。会所に知られたくないことなれば、それがしひとりで動きます。むろんその相手がはっきりし、太夫に危害を加えようと意図のあるときは、四郎兵衛様にも四郎左衛門様にも申し上げることになります」

また薄墨の返答には時がかかり、幹次郎に、
こくり
と頷いた。

幹次郎と、薄墨太夫と禿は揚屋町と仲之町の辻《つじ》で別れた。

しばし薄墨の日傘を差した背中を見送っていた幹次郎は、やはり薄墨にはなにか心に引っかかることがあるのだと思った。

(どうしたものか)

薄墨が市井《しせい》の女なればまだ違った。だが、薄墨は太夫の位《くらい》に昇り詰めたとはいえ、三浦屋の抱えであった。そして、神守幹次郎は吉原の治安と自治を守るべ

き吉原会所の一員であった。こと遊女に関して私情を交えてはならない立場にあった。

薄墨のためらいが気になった。

「どうなさいましたな」

と声がかかった。

番方の仙右衛門だ。

「うむ、迷うておる」

幹次郎は正直にただ今の胸の内をこう表現した。

「薄墨太夫といっしょでしたか」

「祝言に出られるかどうか、三浦屋の主どのの許しで直に訊きに参ったところにございった」

「薄墨太夫が祝言の席に出られぬと返答なされた」

「いや、そうではない」

と応じた幹次郎に仙右衛門が、

「五十間道の裏手に茶店《ちゃみせ》が新たに開きましてな。ときに考えごとをする折りに二階座敷に上がり、浅草田圃の早苗《さなえ》を眺めておりますと心が洗われます」

と誘った。

幹次郎の迷いを感じ取った仙右衛門が廓の外に連れ出そうとしていた。

「それはぜひ訪ねてみたい」

ふたりは昼見世がそろそろ始まる仲之町から大門を出て、五十間道の中ほどに差しかかり、右手に曲がった。すると見慣れた二階家が改装されて、小粋《こいき》な茶店に模様替えしていた。

「いらっしゃいまし」

と赤い縮緬《ちりめん》の手絡《てがら》で髷《まげ》を結わえた女衆《おんなし》が、

「番方、お出《い》でなさいまし」

と迎えた。

「二階座敷を借りるぜ。茶と甘い物をもらおう」

と番方が慣れた様子で二階座敷への急階段を上がり、浅草田圃が広々と望める座敷に案内《あない》した。

幹次郎はしばし手摺《てすり》のある縁側から見慣れた浅草田圃を見下ろし、これだけ高さが変わるだけで眺めが新鮮に映るものかと感じ入った。

「どうです、心が洗われましょう」

「いかにもさよう。誘っていただき、礼の言葉もない」

幹次郎は仙右衛門と対座すると最前蜘蛛道で見張られていると感じた違和と、そして薄墨太夫にそのことを告げたときの迷いの表情を話した。

「それがしに向けられた監視の眼か、あるいは薄墨太夫を見張る眼か、分からぬ。いや、見張られていること自体気のせいなのかもしれぬ」

「いえ、それは違いますな」

仙右衛門があっさりと幹次郎の言葉を否定した。

「神守様は並みの人ではございません。十年、妻仇討《めがたきうち》の追っ手にかかり、吉原会所に身を寄せられてからも会所のために白刃《はくじん》の下に身を曝《さら》し続けてこられた剣術家にございます。そのようなお方が違和を感じる以上、必ずその理由がございます。話を聞くと、こたびのこと、神守様を狙っているのではない。どうやら、薄墨太夫に関心を持つ者による監視です。薄墨太夫の客自身か、あるいは客に頼まれて見張っている者の眼か分かりませぬが、薄墨太夫の周辺にいる者の仕業と思えます」

と番方が言い切った。

「薄墨太夫の相手は上客ばかり、世間に名の通った者ばかりではなかろうか」

馴染客、それも三浦屋の太夫を贔屓《ひいき》にする客はいちばん丁重《ていちょう》に扱わねばならない方々と、幹次郎も仙右衛門も承知していた。

「神守様、薄墨太夫が迷った相手はどなたか、わっしが調べます。その先は神守様と薄墨太夫の判断にございます。されど、こいつは厄介ごとと感じたときは、神守様を交えて七代目に話します。それでようございますか」

「そう願おう」

と幹次郎が頭を下げたとき、茶菓《ちゃか》が運ばれてきた。甘味《かんみ》は焼いた餅《もち》が入った汁《し》粉《こ》だった。

「お芳さんを連れてこられたか」

「女を連れてきちゃ、気晴らしになりませんぜ」

「いかにもさようかな」

「男にもね、酒抜きで考える場が要《い》りますよ」

仙右衛門が汁粉の椀を手にして笑った。

第二章　くれない楼の騒ぎ

一

その夜、五つ半（午後九時）近くに伏見町《ふしみちょう》の羅生門河岸《らしょうもんがし》に近い小見世《こみせ》（総半籬《そうはんまがき》）くれない楼から男衆の使いが吉原会所に入った。

会所にいたのは神守幹次郎と留守番の若い衆金次のふたりだけだった。

小頭の長吉らは廓内の見廻りに出ていて、番方の仙右衛門は四郎兵衛の供《とも》で五十間道から土手八丁《どてはっちょう》（日本堤《にほんづつみ》）の外茶屋《そとぢゃや》の寄合に出て、吉原を留守にしていた。

吉原会所の力が及ぶ範囲は廓内、東西京間百八十間、南北京間百三十五間の二万七百六十余坪内だが、五十間道に連なる引手《ひきて》茶屋、土手八丁の茶屋も吉原に関わりがある商いということで会所が、

「面倒」

をみる縄張り内と江戸町奉行所から黙認されていた。

「三《さん》ちゃんよ、番頭さんが呼んでいるって、一体なにが起こったんだ」

「だ、だからよ。しん、心中《しんじゅう》だ」

「なに、心中立《だ》てだって。大変じゃねえか」

「た、大変なんだよ」

三ちゃんがいささか抜けたところのある男衆ということは幹次郎も承知していた。だが、心中とは聞き捨てならなかった。

しかし、金次には慌《あわ》てる様子はない。

幹次郎は三ちゃんの間の抜けた口調のせいで金次が真剣に受け答えしないのか、と考えた。だが、金次は近ごろしっかりとした若い衆に育ち、判断を誤るはずもないと、しばらく問答を見守ることにした。

「心中って、客と女郎だよな」

「ああ」

「客はどこのだれか承知なのか、三ちゃんよ」

「し、知らない」

「女郎はだれだい」

「お、おかんさん、だと思うな」

「おかんって年増の女郎だな」

「ああ、そうだよ。客なんてあんまり来ねえや」

「そのおかんに客がついて、心中を図《はか》ったのか。大変な騒ぎだろうな」

三ちゃんは顔を横に振った。

「し、しーんと部屋に閉じ籠《こも》ったままだって。ふた晩も居続けなんだよ。そ、その客とさ」

「馴染か一見《いちげん》か」

「いちげんってな、なんだ」

「初めての客かって訊いてんだよ」

「ち、ちがわい。大工《だいく》の幸助《こうすけ》さんはさ、ときどき見世に揚がる人だよ」

「なんだ、客の名も身許も知れているんじゃないか」

「そう、大工の幸助さんなんだ」

「最前、知らないって答えたよな、三ちゃん」

「だ、だって、ば、番頭さんが馴染って言っちゃいけないって」

「言われてきたのか」

「あい」

「幸助さんとおかんが部屋に籠って二日ばかり出てこないんだな。別に騒ぎが起こっているってわけじゃないんだな」

「さ、騒ぎは起こってねえ、と思うよ」

「番頭の徳蔵《とくぞう》さんに会所で心中立てだと言えと言われてきたか」

「あい。か、会所のつええ侍に幸助さんを斬ってもらえって。だから、心中って言えって」

「言われてきたか」

「あい」

「三ちゃん、およその様子は分かったよ」

「おれといっしょによ、用心棒の侍さん、来ておくれよ」

三ちゃんが上目遣《うわめづか》いに幹次郎をちらりと見た。

「徳蔵め、神守様を始末屋かなんかと勘違いしてやがる」

吐き捨てた金次が幹次郎にお伺いを立てるように見た。

「様子をみにだけでも行ってみるか」

「そうしてくれますか。くれない楼はここんとこ新規の客が寄りつかず、商いが危ないって評判が立っている楼なんですよ。なにを取り違えたか、年季《ねんき》が明けた女郎が馴染客と心中をするわけもねえや。なんで心中に仕立てようとしたか、了見《りょうけん》が知れねえ」

金次が舌打ちまでした。

幹次郎が待機場所である板の間から藤原兼定を手に立ち上がると、

「お、おおおっ」

と三ちゃんがなんともつかない上擦《うわず》った声を上げた。

「会所をまるで留守にするわけにはいきませんや。神守様、三ちゃんといっしょにくれない楼を訪ねてくれますか。小頭らの見廻り組が帰ってきたら、直ぐに助っ人を出しますから」

金次がてきぱきと手順を決めた。くれない楼の悪評判を承知している金次は心中立てなどまるで信じていないのだ。

「三ちゃん、案内を頼もう」

草履《ぞうり》を履いた幹次郎が穏やかに三ちゃんに話しかけると、

「あ、あーい」

と力のない返事が戻ってきた。

会所の敷居《しきい》を跨《また》ぎ、待合《まちあい》ノ辻《つじ》を横切ってふたりは伏見町に入ろうとした。

五つ半は、吉原にとって宵《よい》の口だ。

仲之町にも大勢の遊客や素見《ひやかし》がいて、茶屋の軒先から赤い提灯《ちようちん》がいくつも並んでぶら下がり、煌々《こうこう》とした灯りが照らしつけていた。

「裏同心の旦那、出張《でば》りか」

と面番所から声がかかった。

「おや、村崎どの、非番というのに遅くまで熱心にお勤めにございますな」

「一日がなんとも長いな。定町廻りの助っ人に浅草に呼び出されて以来、もう何日も経ったようだ」

「ならば、八丁堀にお帰りなされ」

「頭痛持ちの女房に病のお袋、帰ったところで歓迎されるわけでもないからな。そなたのところのように見目麗《みめうるわ》しく稼ぎのよい女房どのが待っておるわけではないでな」

村崎季光がちらりと三ちゃんを見た。

「くれない楼の抜け作だな。なんの用だ」

「いえ、面番所の同心どのが出張る話ではございません」

「くれない楼で揉めごとがあったとしても一文にもならぬ話だ。吉原会所も一々そんな細事《さいじ》に付き合うなど暇じゃやな」

「まあ、そんなところにございます」

と答えた幹次郎は、三ちゃんが変なことでも言い出さないかと早々に伏見町に入り込んだ。

「三ちゃん、おかんとはどのような女郎さんだな」

「し、親切なんだよ。ときどきね、あたいに小遣《こづか》いくれるよ」

「ほう、それはなかなかできないことだな」

「おかんさんは年季が明けたんだよ」

金次と同じことを三ちゃんも言った。

「おかんさんにもらった小遣いは貯めておるか」

「だ、だめだよ。貯めたりしたらお見世に取られるもの。五十間道のま、饅頭《まんじゅう》屋でさ、茶饅頭を買って急いで食うんだよ。そしたらさ、番頭さんに取られないものね。温かくて美味しいよ」

「あの茶饅頭は餡《あん》がいっぱい詰まって美味しいな」

と応じた三ちゃんが五十間道の饅頭屋を思い出したか、そちらの方角を振り返った。そして、

「おかんさん、吉原を出たら、こ、幸助さんといっしょに暮らすんだって。おかんさんがいなくなると、もう小遣いもらえないや」

そんなふたりが心中を企《くわだ》てるはずもない。金次はくれない楼の魂胆《こんたん》を見抜いて慌てる風は見せなかったのだ。

伏見町と羅生門河岸の間にある木戸が見えてきた。

その右手がくれない楼だ。

張見世《はりみせ》に三人ばかり女郎がいたが、灯りが暗く決して景気がいいとは思えなかった。

「三ちゃん、番頭さんがまだかまだかと戻ってくるのを待っていたよ」

格子窓《こうしまど》の向こうから声が飛んだ。年増《としま》の女郎が所在《しょざい》なげに煙管を弄んでいた。

「おや、裏同心の旦那を連れてきたのかい」

とその女郎が言った。

「ば、番頭さんが幸助さんを用心棒に斬ってもらえって言ったんだよ。それでつ

ええ侍が来た」

「なに、そんな打ち明け話まで真っ正直に会所でしたのかい。度《ど》し難《がた》い馬鹿だね、三ちゃんは」

「ああ、あたいは真っ正直なの」

「正直ね。馬鹿とは紙一重《かみひとえ》かね」

と年増女郎が幹次郎を見た。

「神守の旦那がうちみたいな小見世にまで面《かお》を出すんだ。三浦屋さんとかさ、大籬ばかりと思ったがね」

格子の向こうから皮肉が飛んだ。

「勘違いも甚《はなは》だしいな。われら、会所の者は用事があるところならどこにでも飛んで参る」

「飛んで参るにしては直ぐに三ちゃんが引っ張ってこなかったね」

「だからさ、おこま姐《ねえ》さん、あれこれと話していたんだよ。遅くなっちゃった。番頭さん、怒っているかな」

急に三ちゃんは番頭のことを気にし出した。そこへ暖簾を分けて番頭の徳蔵が姿を見せた。

「三公、会所でなにをべらべらと喋《しゃべ》った。おまえは頭が足りないんですよ。だれもまともには受け取らないと思うけど、とんだ誤解《ごかい》を招くってこともあるじゃないか。ほんとうに気が利かないよ」

徳蔵が三ちゃんを睨みつけた。

幹次郎にも何人か反《そ》りが合わない男衆や女衆がいる、徳蔵も数少ないそのひとりだ。だが、顔にはその気持ちを表わしたことはない。

「番頭どの、ご用事か」

「用事かじゃありませんよ。三公を見世から出してもう四半刻《しはんとき》(三十分)、いや、半刻(一時間)は過ぎてますよ」

徳蔵がぼやきながら幹次郎を表土間へと手招きで呼び込んだ。すると三ちゃんもついてきた。

「番頭さん、は、腹へった」

「おまえ、出がけにおまんま食べていったんじゃないか」

「ま、まだだよ。ば、番頭さん」

「いつだって腹ばかり空《す》かせて、馬鹿は人いちばい腹が空くのかね。台所に行って、冷や飯をもらいな」

徳蔵が三ちゃんを台所に追い立て、幹次郎と向き合った。くれない楼は二階建てだが、客が揚がっている賑《にぎ》やかさはない。

「番頭どの、それがしが呼ばれた曰くを聞こう」

「三公が言いませんでしたか」

「とんだ誤解をしてもならぬでな。そなたの口から事情を聞かせてもらおう」

「だからさ、二階の隅の座敷で客と女郎が心中話をしているんですよ、剣呑《けんのん》な話でしょうが。血が流れたりする前におまえさんが飛び込んで、客を叩き斬って始末願おうと思ってね、呼びに行かせたんですよ」

「それがし、吉原会所で禄《ろく》を食《は》んでおる。ゆえに用事とあらば務める。だが真っ当な理由もなく、客を斬れるわけもない」

「おや、会所の裏同心は始末屋だって聞いたよ。会所から給金《きゆうきん》をもらっているということは、楼からの上がりで雇われているって寸法《すんぽう》だよな。ならば、おまえさんの真の主はうちでもあるんですよ」

「筋からいけばそういう理屈になるな。だが、おかんという女郎は年季が明けておるという話ではないか。そして、客である大工の幸助が身請《みう》けすると約定が成っているそうな。事ここにきて、そのようなふたりが心中とはおかしな話ではないか」

「あの馬鹿がべらべら喋ったね」

「事実ではないのか」

「おかんが先月に年季が明けたのはたしかですよ。ですがね、まだあれこれと借財が残っているんですよ。だから、そいつをきれいさっぱり支払わなきゃあ、幸助と夫婦になれるわけもない」

「それで、悲観したおかんと幸助が心中を企てたか」

「そうですよ、さっさと二階に上がって始末をつけてくださいな、用心棒の旦那」

徳蔵が吐き捨てたとき、暖簾が分けられ土間に小頭の長吉が姿を見せた。

「徳蔵さん、おめえさん、大変な勘違《みさかい》いをしていなさるようだ。神守幹次郎様は始末屋なんかじゃねえ。まして見境《みさかい》もなく人をお斬りになる人でもねえ。女郎と心中をし損《そこ》なった客を始末しろだと。なんだか都合がいい話だね。どうやら、この話の背後にはなんぞよからぬ魂胆がありそうだ。徳蔵さん、神守様とわっしがおかんさんと幸助さんに事情を訊きに行きますぜ、いいね」

「小頭、だれがそんな余計《よけい》なことを頼んだね。話はこっちで通っているんですよ。

おまえさんたちはこちらの言うことを聞いて動けばいいんですよ」

「それができないと、こちらは言っているんだ。最前から聞いていれば好き放題、神守様に言いなさったね。会所が成り立っているのは吉原の楼の負担金のお陰だそうな。いかにもさようですよ」

「ならば私の言う通りにするがいいや」

「徳蔵さんや、それを言うならばさ、月々の負担金をちゃんと納めてからにしねえな。たしかくれない楼ではこの一年以上、払いが滞《とどこお》っていたね。よくもそんな口が利けたものだ」

と言い放った長吉が、

「上がらせてもらうよ」

と二階への階段をとんとんと上がり、幹次郎も続いた。

おかんと幸助がふた晩居続けているという座敷は、森閑《しんかん》としていた。

「おかんさん、会所の長吉だ。いるかえ、話を聞かせてほしいんだ」

長吉が声をかけたが、なんの応答もなかった。

「悪いが開けさせてもらうよ」

長吉が障子を開けた。

　すると行灯《あんどん》も点《とも》されていない座敷で女郎のおかんと大工の幸助が向き合ってい
た。そして、たしかに長押《なげし》から帯が垂れ下がり、首吊りでもし損なった様子があ
った。

「おかんさん、年季が明けたというのに、こりゃ、どういうことだい」
　おかんは魂の抜けたような顔で廊下の長吉と幹次郎を見た。
「年季は明けてないんだって。あと三年から五年残っているって」
「待ちな。おまえさんの年季が明けたことは吉原じゅうが承知の話だ。それをな
ぜここにきて三年も五年も残っているなんて言うんだい」
「旦那と番頭さんが言うには年季は明けた。だけど、紋日《もんび》に作った衣装やら積み
夜具《やぐ》の支払いが残っているというのさ。それも十八両二分も」
「年季が明けたというのはそんな支払いも含めて体で払い終えたということだぜ。
衣装代の支払いをくれない楼が立て替えたというのならば、その証文《しょうもん》があるな。
見せてもらったか」
　おかんがごそごそと布団の下から証文らしきものを出して長吉に突き出した。
幹次郎は廊下の柱に掛かった行灯を外して、長吉の手元を照らした。たしかに、

一、衣装代立て替え払い　候《そうろう》
　都合十八両二分
　　この分、年季分の外に候
　　　くれない楼第《だい》五《ご》郎《ろう》

とあった。

「名前は記してないな。だれの証文か分かりはしねえ」

宛名《あてな》のところは証文を切り取ったような感じだった、その上古い証文は崩された文字で記されて、なかなか判読《はんどく》が難しかった。

「だけど、番頭はおかんの衣装代だと言い張るんだ」

と人のよさそうな幸助が呟くように言った。

「おかんさん、字が読めないかえ」

と長吉が念を押した。

「字を書くのも読むのも苦手でさ、そのせいでくれない楼なんて小見世で女郎勤めだ。それが終わり、なんとか吉原を出られる、幸助さんの長屋で暮らせると思ったらこの災難だ。幸助さんが長屋に戻り、有《あ》り金《がね》五両一分を持ってきて、これで勘弁《かんべん》してくれと旦那と番頭に必死で願ったんだよ。だけど、幸助さんの五両一分を取り上げて、残りの十三両一分を体で稼げと言うんだよ」

「そこでおまえさん方は心中の真似ごとをして相手を脅《おど》したか」

「するならするがいいや、と番頭が居直《いなお》りやがった」

おかんが力なく呟いた。

「おかんさん。そなた、このくれない楼に身売りしてきたのはいつのことだな」

と幹次郎がおかんに尋ねた。

「安永六年（一七七七）の春のことですよ。十五で吉原に来ましたので」

「たしかじゃな」

「たしかです。自分が吉原に売られてきた日を忘れる女郎はいませんよ」

とおかんが応じた。

「長吉どの、その証文には名前が記されてないな」

「だいぶ前に切り取られてますね」

「証文の年号《ねんごう》を見よ、明和《めいわ》丁亥《ひのとい》四年（一七六七）三月七日とないか。おかんさんが吉原に身売りする十年も前の証文じゃぞ」

長吉が崩し文字を確かめ、

「ほんとうだ。おかん、こりゃ、おめえさんの衣装代の証文ではないぜ。阿漕な手を使いやがるな、この楼の旦那は」
と長吉が吐き捨てたとき、階段に足音が響いた。

二

ぞろりとした派手な打掛《うちかけ》を羽織《はお》ったこの楼の主、第五郎が女将のおくら、番頭の徳蔵を従えて二階廊下に上がってきた。そして、廊下に控えた長吉と幹次郎に向かって吠えるように喚《わめ》いた。
「会所の、なんの真似だ。うちの内輪《うちわ》のことに会所が首を突っ込むこともあるめえ！」
長吉が、
じろり
とくれない楼第五郎を見た。
「旦那、首を突っ込むなと言いなさるか。心中沙汰《ざた》を起こした客がある。叩き斬れって、うちの神守様を名指しで呼びつけたのはおまえさん方のほうだぜ」

「ひえっ！」

と客の幸助が悲鳴を上げて首を竦め、おかんに抱きついた。

「だから、うちの言うことだけを聞いて働いてくれればいいんだよ。それをなんだ、おかんや客の幸助に根掘り葉掘り訊きやがって。あることないことさらけ出せって、だれが頼んだよ。もういい、帰ってくれ」

「旦那、客に向かって呼び捨てかえ。おめえっちの商いが見えるようだぜ」

「おかんには未だ借財があるんだよ、そんな女をタダで身請けしようなんて奴を客扱いするほうがおかしいや」

「虫《むし》のいい話だね、会所はなんのためにあるんだ。楼の主の都合で働けってわけか」

「ああ、それが吉原会所の務めだろうが」

女将のおくらが長煙管を突き出して言い切った。

「了見違いも甚だしいね、おくらさんよ。おめえさんも吉原の小見世の女郎上がりだ、会所がなんのためにあるのかくらい承知していると思っていたがね」

「やかましいや、長吉。旦那の言う通りにしないと痛い目に遭わせるよ」

おくらが腕をまくった。

「物事の道理《どうり》を知らないにもほどがあるな。会所は町奉行所の監督下で廓内の治安と商いを守るためにあるんだよ。なにも楼側だけの都合であるんじゃねえ。不届きな女郎がいれば、取り締まる」

「ならば取り締まれ」

「第五郎さん、もう少し話を聞きな。吉原には廓法《くるわほう》というものがあるからこそ、奉行所がお目こぼししてくださる。慶長年間（一五九六～一六一五）、江戸がまだ野《の》ッ原《ぱら》や湿地《しっち》ばかりだったころ、ぽつんぽつんとあちらこちらに傾城屋《けいせいや》ができた。麴町《こうじまち》に十数軒、鎌倉河岸《かまくらがし》に十四、五軒とな。ところが慶長十一年（一六〇六）に、江戸城の大改修に当たり、傾城屋の集まった辺りが御用地《ごようち》として召し上げられ、傾城屋はことごとく元誓願寺《もとせいがんじ》前に集められた。これを機会に傾城屋を江戸の一か所に集めて、お上がお許しになった遊里にしようとして動いたが、認可が下りなかった。そこで慶長十七年（一六一二）になり、庄司甚右衛門《しょうじじんえもん》様が江戸の傾城屋を纏《まと》め、京《きょう》の島原《しまばら》に似た遊里を作るってことをお上に提言なされ、公許《こうきょ》の元吉原ができたんだ。その折り、廓法の基《もと》となるべき三箇条を建言したのが廓法の始まりだ」

「くだくだとうるさいよ、長吉」

「そうかえ、おくらさん、聞く耳も持たないか。ならば手短に言おうか。廓法は、庄司甚右衛門様以来、吉原が長いことかかって作り上げてきた取り決めだ。そいつはなにも楼の主のためにだけあるんじゃねえぜ。廓法を犯す楼主も客も罰せられる」

「面白いことを抜かしてくれるね。廓法なんてもんがあるなんて初めて聞いたよ」

「最前の続きを教えろってか。元吉原から新吉原へと引き継がれてきた廓法だ。長いぜ、そいつをすべて講釈《こうしゃく》するとなるとひと晩はかかろう」

「そんなもん、ありゃしないのさ」

「おくらさん、廓法も知らずに女郎商売をしてきたか」

「女郎女郎って昔のことを蒸《む》し返すな」

おくらが長煙管を振り回した。

「繰り返すが吉原はお上がお認めになった天下御免の色里《いろざと》だ。ということは江戸町奉行所の定めに従うことを意味する。ゆえに大門の傍らには面番所が設けられ、隠密廻り同心が詰めて、廓内を監督差配《さはい》する。そういう点からいえば娑婆となんら変わりはない。つまりお上《かみ》の定法《じょうほう》で取り締まられる遊里なんだよ。廓法の大《おお》本《もと》はお上の定めということになる」

「ならば吉原会所はいらねえな」

「ああ、いらないと言えばいらねえな。だがな、町奉行所の触れ通りに吉原に役人が口出ししてみな、おめえさん方、妓楼は一日だって成り立たないぜ。そこで先人《せんじん》方が知恵を絞り、金子を積んで、廓の中の治安と自治は吉原会所に任すという取り決めができたんだ。わっしらの吉原会所はあくまでお上のお目こぼしの上に成り立っているんだよ」

と一気に言い切った長吉が手にしていた証文を自分の膝の前に広げた。すると、おくらが、
はっ
とした顔で幸助とおかんを見た。

「幸助さん、そう怯《おび》えることはねえぜ。吉原会所の本義《ほんぎ》はお客様に楽しく遊んでもらうことにあるんですからね」

と幸助に優しく言った長吉が、

「さあて、この古証文だ。おおそれながら面番所に届けて調べてもらえば一目《いちもく》瞭然《りょうぜん》の代物《しろもの》だ。それが分からねえおまえさん方ではあるめえ」

と三人を睨んだ。

「そ、それは間違えて出した証文だ」

第五郎が弱々しくも抗弁《こうべん》した。

「なに、こいつはおかんさんの借財証文じゃねえと言いなさるか。ならば、おかんさんにはもはや借財はねえんだな」

「ある、あるよ。十三両何分だか残りがあるんだよ。そいつを幸助が払うならば文句はない。さっさとおかんを連れていくがいいや。だが、その前にこのおくらの前に残金をぴたりと揃えて出しな」

おくらが言い切った。

「おくらさんよ、その前に真っ当な借金の証文があるならば出すことだな、それが先だ」

「長吉、そんなことは内輪の話だ。とっとと帰りやがれ」

「おくらさん、話が分からないね。会所のわっしらは呼ばれたから来た、それをこんどは帰れと言われるか。帰らないわけじゃねえ。だが、その前にわっしと神守様を得心させるのが先だ」

長吉がびしりと応じた。

くれない楼の三人が言葉に詰まった。

「徳蔵、おまえが見境もなく会所を呼ぶからややこしいことになったんだよ。おまえが追い返しな」

「おくらさん、最後だ。証文があるなら出しねえな。そいつを見て納得したら引き上げると言っているんだよ」

「ちくしょう！」

おくらが歯ぎしりした。

「ねえようだな。幸助さん、おかんさん、おまえさんたちは騙されていたんだよ。もうおかんさんの年季は明けた。ふたりでいつでも大門を潜って出ていけるんだよ」

長吉が暗い座敷に寄り添うふたりに言った。

「だが、その前にやることがある。第五郎の旦那、まずおかんの年季が明けた証文を頂戴しようか。それと幸助さんが支払った五両一分、耳を揃えて持ってきねえ」

「長吉、のぼせ上がるのもいい加減にしな。たかが会所の小頭がなんだい。楼主に向かって指図《さしず》して。こうなりゃ、旦那、あいつらにひと働きしてもらうよ」

おくらが旦那の第五郎に言うと、

「奥の間でいつまで花札《はなふだ》なんぞで遊んでいるんですね、出番ですよ！」

と廊下の奥に向かって叫んだ。

すると小さな行灯の灯りが点る座敷に動きがあって、四人の浪人者が姿を見せた。

「おっ魂消《たまげ》たぜ。くれない楼はここまで落ちてやがったか」

長吉がさっと古証文を懐に突っ込むと、片膝をついて身構えた。

「小頭、この者たちの相手はそれがしが致す。幸助さんとおかんさんを頼もう」

「合点《がってん》でございます」

長吉がひょいと座敷に跳んで、ふたりを背に回した。

幹次郎は手にしていた行灯を廊下の端に置いた。

小見世の廊下は幅四尺（約一メートル二十一センチ）。一対四の戦いでは、多勢《たぜい》のほうが有利に働くとは言い切れなかった。

相手は関八州辺りを流れて食い詰め、江戸に入り込んだ無宿者だろう。

ふたりが大刀《だいとう》を抜くとひとりは右肩に刀の棟《むね》を抱えるようにつけ、腰を沈めて構えた。もうひとりは、自らの体の前に斜めに切っ先を下げて構えた。

後詰《ごづ》めのふたりは刀を右手に提げて、いつでも助勢に回れる構えを取っていた。室内での闘争に慣れた構えだった。

幹次郎は和泉守藤原兼定の鍔元《つばもと》と柄《つか》に左手を掛け、親指で鍔を弾《はじ》くと鯉口《こいぐち》を切った。だが、抜く気はない。

それに安心したか、先陣のふたりが間合《まあい》を詰めてきた。

幹次郎は動かない。

間合が一間（約一・八メートル）に縮《ちぢ》まった。

そこでふたりはいったん動きを止め、ちらりと仲間と見合い、動き方を確認し合うと、幹次郎の動きを封じるように、

「おおっ！」

「えいっ！」

と威嚇《いかく》の気合を発し踏み込んできた。

その直後、幹次郎が動いた。

低い姿勢で踏み込むと一気に藤原兼定を抜き上げた。

相手ふたりの刃を肩と膝の辺りに感じながら生死の境を越えた。

その瞬間、藤原兼定が一条《ひとすじ》の光になってまず幹次郎の左手から迫《せま》る相手の胴を

抜き、さらに下段《かだん》から突っ込んできたふたり目の胸を撫で斬りにしていた。

「げええっ」

と絶叫を漏《も》らしたふたりが幹次郎の刃が動いた方向へと投げ出され、閉じられていた障子を突き破って暗闇の座敷に転がり込んだ。そこはおかんと幸助の隣部屋だった。

「眼志《がんし》流浪返《りゅうなみがえ》し」

の言葉が口から漏れて、
ごくり
と後詰めのふたりが唾《つば》を呑んだ。

「どうなさるな」

幹次郎の手の藤原兼定が正眼《せいがん》へと構え直された。

「わ、われら、遊び代の代わりにかようなことを請《う》け負っただけだ。命まで懸《か》けるほどの義理はない」

「ならば、二度と吉原に足を踏み入れぬことだ」

幹次郎の言葉に後《あと》ずさりしたふたりは、奥階段から階下へと駆け下りて姿を消した。

幹次郎は正眼の構えを崩し、右手に刀を提げて振り返った。すると主の第五郎と番頭の徳蔵が青い顔でぶるぶると体を震わせていた。

だが、おくらの姿は見えなかった。

「小頭、これだけの騒ぎじゃ、会所を通じて面番所に知らせるしかあるまい」

「へえ」

と座敷の中から廊下との敷居まで顔を覗かせた長吉が返事をした。

「さあて」

と幹次郎が言ったとき、

「会所の用心棒の好き勝手にさせるもんか」

第五郎と徳蔵の背後からおくらの狂気に満ちた喚き声が響き渡った。

くれない楼の主と番頭が振り向くと、ふたりの間からおくらが行灯を両手に抱えて喚いている姿が見えた。そして、遣手の小部屋から持ち出したか、行灯の油が廊下の床から遣手の小部屋まで撒《ま》かれてあった。

「商いもだめ、女郎も働こうとしない。あちらこちらに支払いは滞ってやがる。こうなりゃ、吉原を燃やして仮宅《かりたく》でもうひと旗上《はた》げるよ」

「おくら、そんな無茶《むちゃ》は通らないよ。火つけなんてやめておくれ」

第五郎が力なく呟いた。

「おまえさん、金玉《きんたま》はぶら下げているのかえ。男なんだろ、こんなしけた小見世、ぱあっ、と灰にして出直しだ！」

とおくらが喚いた。

もはや常軌《じょうき》を逸《いっ》していた。それを吊り上がった両の眦《まなじり》や血走《ちばし》った目が教えていた。

「第五郎、徳蔵、その場にしゃがめ」

幹次郎の低い声が耳に届いたか、

「おくら、やめておくれ」

と叫びながらも第五郎が、続いて徳蔵がその場にしゃがんだ。

「往生際《おうじょうぎわ》がいささか悪いな」

幹次郎の声はあくまで平静だ。

「おまえが名を上げた薄墨太夫を猛火から助け出した大火事は何年前のことか。もう一度、おまえに大舞台《おおぶたい》を踏ませてやろうじゃないか」

「おくら、吉原炎上《えんじょう》の陰でどれほどの遊女が亡くなり、妓楼が商いをやめたか考えてもみよ。このくれない楼とてその折りの借財が残っておったゆえ、無理を重ねたのではないか」

「用心棒、賢《さか》しら顔の説教はたくさんだよ！」

と叫んだとき、異変に気づいた会所の面々や面番所の同心らがくれない楼の表土間に飛び込んできた気配があった。

「会所も面番所もさっぱりと燃やしてやるよ！」

両手に持った行灯を胸から頭上に掲げようとした。

幹次郎の右手に提げていた藤原兼定が円弧《えんこ》を描きつつ、水平になったところで手首に捻《ひね》りが加えられ、手を離れて飛んだ。

幹次郎とおくらの間には三間半（約六・四メートル）ほどの間があった。

刃渡り二尺三寸七分（約七十二センチ）の兼定が第五郎と徳蔵のしゃがんだ顔の直ぐ上を抜けて、おくらが持ち上げる行灯の灯りの中に吸い込まれて消えた。

「くうっ」

という声がしておくらの体は行灯を抱えたまま、後ろの大黒柱《だいこくばしら》にぶつかった。

幹次郎は第五郎と徳蔵の間を飛ぶように抜けると、おくらの両手から零《こぼ》れ落ちようとした行灯をかろうじて摑んだ。

床に撒かれた油に足を取られた。だが、なんとか踏み止《とど》まり、幹次郎は行灯を捥《も》ぎ取って火を吹き消す暇もなく階段下に投げた。

階下では投げ落とされた行灯を仙右衛門が摑むと、灯心《とうしん》の火を吹き消した。

「ふうっ」

という息が階下でも二階でも吐かれた。

幹次郎が油が撒かれた廊下で構えを立て直したとき、面番所の隠密廻り同心と仙右衛門が階段を駆け上がってきて、階段上の大黒柱に縫いつけられたおくらのおぞましい姿に目を留めた。

「なんてことだ」

面番所の若い隠密廻り同心笠村米八《かさむらよねはち》が呟いた。

おくらは和泉守藤原兼定に喉元を貫《つらぬ》かれ、大黒柱に縫いつけられていたのだ。

「これしか思いつく手はござらなかった」

「いえ、咄嗟《とっさ》の機転、お見事にございます」

幹次郎は若い同心に会釈を返すと、

「それがしの刀、抜いてもようござるか」

「この模様を目撃した者がござろうか」

幹次郎は振り返った。

すると第五郎が呆《ほう》けたような顔で廊下にへたり込み、徳蔵は最前にも増して体を大きく震わせていた。小頭の長吉が部屋と廊下の敷居辺りに立ち、

「笠村様、わっしが見ました。おくらが油を撒き散らした床に行灯を投げつけようとするのを、神守幹次郎様が刀を投げて止められたのでございますよ」

と証言した。

「そのほうらも見たな」

笠村が廊下にへたり込むふたりにさらに念を押すと、

「おくら」

第五郎が呟き、徳蔵ががくがくと頷いた。

「神守様、刀を抜いて構いませぬ」

と笠村が許しを与え、

「番方、小頭、おくらの体を支えてくれぬか」

と幹次郎はふたりに願い、おくらの左右から手が添えられた。

幹次郎はつるつると滑《すべ》る廊下に足を踏ん張り、おくらの喉元の骨を貫き通して大黒柱に深く刺さった刀を抜いた。するとと支えを失ったおくらの体がくたくたと仙右衛門と長吉に委《ゆだ》ねられ、廊下へと下ろされた。

「笠村どの、すべての経緯はこの楼の抱えのおかん、その客の大工の幸助どの、それに廊下に腰を抜かしておる主の第五郎、番頭の徳蔵が承知のことにございます。四人に加え、それがし、小頭の長吉が証言致しますれば、およその経緯はお分かりになろうかと存じます」

と幹次郎が言い、懐紙《かいし》で兼定の血のりを拭うと、

(手入れが要るな)

と考えながら鞘《さや》に納めた。

三

幹次郎と仙右衛門が大門を出たのはそろそろ引け四つ、すなわち吉原特有の刻限、夜半九つ(午前零時)近くに鳴らされる拍子木《ひょうしぎ》の音が響こうという頃合だ。

吉原会所の若い衆が大門の扉に手を掛け、今しも五十間道を必死で駆けつける駕籠の到着を見守っていた。

「ご苦労にございました」

その中から金次がふたりに声をかけた。

「あとは頼んだぜ」

不寝番《ねずばん》の金次に仙右衛門が願って五十間道に出た。すると駕籠が到着し、中から客が急いで降りた。

「お客さん、もう大丈夫ですよ。馴染の女郎さんが首を長くして待ってますからね」

仙右衛門が声をかけると、大店《おおだな》の番頭らしい男が照れたような笑みを浮かべて、ふたりに会釈をした。

ふたりは五十間道へとゆっくり歩き出した。


伏見町の小見世くれない楼の一件は妓楼の女将の火つけ未遂《みすい》ということもあって、即刻面番所にくれない楼の主の第五郎、それに番頭の徳蔵のふたりが引っ張られ、隠密廻り同心によって厳しい下調べが行われた。

女将のおくらの亡骸《なきがら》も面番所に運ばれて、土間に横たわっていた。明日にも奉行所に出入りの医師の検死を受けるのだ。

一方、客の幸助と年季の明けたおかんは吉原会所に連れてこられて、こちらも一応かたちばかりの調べが行われた。

だが、騒ぎの内容は明々白々《めいめいはくはく》である。商いが傾いた妓楼の主夫婦がなにやかやと難癖《なんくせ》つけて、人のよい客の幸助から五両一分の金子をむしり取り、年季が明けたにもかかわらず、おかんをさらに楼に縛りつけようとしたものだ。それはだれに出したか分からない古証文を、文字の読めない幸助とおかんに渡していたことで証明されていた。

実に粗雑《そざつ》な一件だが、おくらの火つけ未遂は当人が死んだとはいえ重罪だ。また不逞の浪人者を用心棒に雇い、客や抱え女郎を脅したこともあり、第五郎、番頭の徳蔵のふたりは明朝にも大番屋《おおばんや》に送られることが決まっていた。

さて、幸助とおかんの処遇《しょぐう》だが、年季明けの証文をくれない楼の帳場から探し出し次第、明日にもふたりしていっしょに大門を出ることが決まった。だが、そんな話が告げられたにもかかわらず幸助の元気がない。

「どうしました、幸助さん」

小頭の長吉が大工だという幸助に尋ねた。

「うん」

返答はしたものの幸助の態度は煮え切らなかった。

「おや、幸助さん、私と一緒になるのがこの期《ご》に及んで嫌《いや》になったというんじゃないだろうね」

「そんなんじゃねえよ、おかん」

「女郎上がりを長屋に連れていくのが恥ずかしいのかい」

「長屋のみんなにはおかんの身許も話してら」

「ならばなんなんだよ」

とおかんが幸助に詰め寄った。

「幸助さん、おまえさんがくれない楼に支払った五両一分は明日にも面番所のお役人とくれない楼の帳場から抜いて返すよ」

へえ、と幸助が長吉に頭を下げたが、今ひとつ顔色が晴れなかった。

「どうしたのさ、幸助さん。やっぱり私をかみさんにするのが嫌なんだね」

おかんが苛立《いらだ》って責めた。

「違うよ、おかん」

「ならば言うがいいや」

「うん、おれ、もう今晩で三日も棟梁《とうりよう》の家に顔出してねえんだ。だってひと晩で戻るつもりが、くれない楼の旦那と女将さんに未だ借財が残っていると聞かされてよ、おれは慌てて長屋におめえと夫婦になるために貯めた金を取りに行ったろ。それで戻ってきたら、まだ足りねえとよ、おめえの部屋に足止めを食らった。もう、おれ、棟梁のところでよ、働かせてもらえないかもしれないよ。棟梁はお屋敷の仕事でよ、忙しいところなんだよ」

幸助がだれとはなしに訴え、案じた。

「幸助さん、このこと、棟梁には内緒なのだな」

長吉が口を挟んだ。

「おかんと一緒になることは許してもらってんだ。だけどよ、棟梁は無断で仕事をすっぽかすのにはよ、厳しいんだ。おりゃ、もうだめだ」

「幸助さんもしっかりしな。明日さ、私もいっしょに朝一番で棟梁の家に行って土下座《どげざ》して詫びるよ、許しが出るまで何日でもお詫びし続けるよ」

「棟梁、許してくれるかな」

幸助の不安は消えそうになかった。

「番方」

長吉がやり取りを黙って聞いていた仙右衛門を見た。

「小頭がついていこうってか」

「いけませんかえ。ひと晩が三晩になったのは阿漕なくれない楼のせいだ。つまり吉原に責めがある」

長吉の言うことに頷いた仙右衛門が、

「幸助さん、おめえさんの棟梁は大工の名人、新堀川《しんぼりがわ》の四代目栄造《えいぞう》親方だね」

と訊いた。

「へえ、ようご存じで」

幸助も驚いたが、長吉も番方が小見世の客の奉公先まで知っていたのには、いささか目を丸くした。

「四代目に得心してもらうには吉原もそれなりのことをしなければなるめえ。明日までに頭取に相談しておく」

と言って仙右衛門が、

「おかんさん、吉原最後の夜だ。いささか無粋《ぶすい》だが会所で夜を明かしねえな。前の面番所にいるふたりよりはまだましだろうぜ」

と言い足した。

ともあれ、くれない楼の後始末が終わったとき、すでに四つ半（午後十一時）を過ぎていた。

「番方、そなたが明日、あのふたりについて棟梁の家に詫びに行きなさるか」

「わっしじゃございませんよ。神守様の連れ合いのご出馬《しゅつば》ですよ」

「おや、姉様が出向いて棟梁が許しをくれようか」

「こいつばかりは汀女先生の出番です」

「どういうことかな」

「へえ、今晩ね、会所に戻ってきてくれない楼で騒ぎが起こっていると聞いて、もうくれない楼は終わりだと思いました」

仙右衛門が言い、しばし間を空けた。

「このところくれない楼への苦情がね、いくつも重なって客から来てましたんでね、七代目がわっしに内情を探らせていたんでございますよ。その調べの中で年増女郎のおかんが年季明けしたとかしないとか、揉めごとがあると分かっておりましたので。そして、おかんと大工の幸助さんが一緒になることもなんとなく耳に入っていたんでございますよ。今宵の騒ぎがそのおかんと幸助さんだと知ったとき、七代目と相談してさ、もうくれない楼が盛り返すこともない。となるとその先の女郎や奉公人のことも考えておかなきゃあと七代目と話し合って、わっしが楼に足を向けようかどうしようかと迷っていたとき、騒ぎが始まったというわけなんでございますよ。神守様ひとりに仕事を負わせてしまった」

「番方、くれない楼が内偵《ないてい》をされた末に楼の内情を会所が承知していたとしても、どうして姉様が幸助の詫び役になるのかが分からぬ」

「神守様はご存じございませんでしたか。新堀川の四代目栄造親方と汀女先生は知り合いなんでございますよ」

「おや、姉様にそんな知り合いがおったか」

「種《たね》を明かせば容易うございます。先の吉原の大火事のあと、浅草並木町の水茶屋をさ、三浦屋の仮宅に改装したのも新堀川の栄造親方ならば、料理茶屋山口巴屋に手を入れたのも栄造棟梁なんですよ。その普請《ふしん》のときから玉藻様と汀女先生は、栄造親方とああでもないこうでもないと話し合いを重ねて、今の料理茶屋があるんでございますよ。最近では料理茶屋山口巴屋の切り盛りは汀女先生にほとんど任されておりましょう。こたびの一件でね、わっしは幸助さんが栄造棟梁の弟子と承知しておりましたしね。となると詫び役は小頭じゃねえ、汀女先生が打ってつけなんでございますよ」

「ふーむ」

と幹次郎は、なんとなく得心させられた。

吉原は　夏に寒ある　憂世かな

こんな言葉が幹次郎の脳裏に浮かんだが、駄句を口にすることはなかった。

「番方、およそのことは相分《あいわ》かった。ところで姉様はその役目、承知しておりますのかな」

「いいえ、ご存じございません。神守様、こたびの一件、会所がおかんの落籍と嫁入りまですべて仕度させます。その仲人《なこうど》役を汀女先生に引き受けていただくようにお願いしてもらえませんか」

「相分かりました。それで、姉様は明日どちらに何刻《なんどき》に出向けばよいのだな」

「神守様、こういう祝いごとなら朝の間だ。おふたりで会所に四つ（午前十時）の刻限までに出向いてくれませんか。あとの仕度はこちらで整えておきます」

仙右衛門が応じた。すでにくれない楼の消滅は吉原の名主《なぬし》の間では決まっていたことだと、幹次郎は悟らされた。

ふたりは見返《みかえ》り柳《やなぎ》まで上がってきていた。

「番方、薄墨太夫を見張る例の眼の一件、調べは進んでおりますまいな」

幹次郎は話柄《わへい》を転じた。

「吉原会所にとっちゃ、こちらの一件のほうが大事です。なにしろただ今全盛を誇る薄墨太夫だ。客筋も大身《たいしん》旗本から豪商と名の知れた御仁ばかりで、野暮な真似をする人は見受けられません」

「となると、それがしの勘違いか」

「いえ、そうではございません。ただ今薄墨の座敷に揚がる客には怪しげな人物は見当たりません。ですが、薄墨の昔の客でこのところ三浦屋に揚がることが縁遠くなった中に、いささかこれはと思われる者が、二、三人おります。七代目にも三浦屋の四郎左衛門様にも未だこのことを告げてはいません。もう数日待ってくれませんか。なんとかひとりに絞り込みますでな」

仙右衛門が言い切った。

「承知した。それにしても番方にあれこれと負担が重なっておるな」

「神守様とて本日、自らの判断でおくらを始末なされた。今晩、吉原に火が出て、五丁町が壊滅なんてことになれば、三年前、天明七年の火事騒ぎどころじゃない。田沼時代が終わったと思い、皆は松平定信様のご改革に期待をした。ところが、緊縮緊縮と、同じ鳴き声の奢侈禁止令の触れでさあ。世間は冷え切ってまさあ。こんな最中に吉原が消滅したとしたら、仮宅商いは別にして再建は大事《おおごと》ですぜ。

今晩の神守様の始末に七代目をはじめ、五丁町の妓楼も茶屋もほっとしていますよ。間違いない」

「われらの務めを果たしたと言うておこうか」

「へえ、わっしも同じ言葉をお返しするしかない」

「姉様には今晩じゅうに話しておく」

ふたりは土手八丁の土橋の袂《たもと》で別れた。仙右衛門は浅草山谷町の柴田相庵の診療所の敷地に建つ新居に戻り、幹次郎は浅草田町の左兵衛長屋に戻るためだ。

独りになった幹次郎はしばし土手八丁に佇んでいた。だが、幹次郎を見張る眼は感じられなかった。

土手を下り、左兵衛長屋の木戸を潜った。どこも眠りに就《つ》いていたが、幹次郎の住まいだけ腰高障子の中に灯りが点っていた。

「ただ今戻った」

と声をかけ戸を引くと、汀女が行灯の灯りで帳面を付けていた。

「まだ起きておられたか」

「おりゅうさんが吉原で騒ぎがあったと言うておりましたので、遅くなるとは思うておりました」

汀女は髪結《かみゆい》のおりゅうから騒ぎのあらましを聞かされていたようだが、どこまで承知か分からなかった。意外と髪結は内情まで深く承知していることもあって、なんとも判断がつかなかった。

「伏見町の小見世くれない楼でな、厄介なことが起こった」

そこで幹次郎は短く応じたが、汀女はそれ以上問い質《ただ》すことはなかった。

「酒をつけますか」

「いや、やめておこう。明日も朝が早い」

幹次郎は草履を脱ぐと腰から藤原兼定を抜き、奥の間に行くと刀掛けに大刀と脇差《わきざし》を掛けた。

「明朝、津島先生のもとに稽古に参られますか」

「いや、そうではない。姉様に関わりがあることじゃ」

「おや、私に」

「姉様は新堀川の大工の栄造棟梁を承知だそうじゃな」

「はい、承知ですが、それがなにか」

幹次郎は手短に事情を告げた。

「なんと、くれない楼で迷惑を蒙《こうむ》った客は栄造棟梁のお弟子でしたか」

「棟梁は殊《こと》の外《ほか》無断で仕事を休むことには厳しいと幸助が案じておるのだ」

「で、ございましょうな。厳しい代わりに棟梁の下で勤め上げた大工はどこに出しても恥ずかしくない仕事をすると評判です。また客に対しても見積もりもきちんとしていて、納期《のうき》は守られる棟梁として知られております」

「幸助が三日無断で仕事を休んだことを気にしておるのも、その評判が正しいゆえであろう」

「さあて、どう詫びれば棟梁から許しがもらえましょうか。幸助さんは一人前の大工にございましょう」

「年のころは二十七、八かのう。十四、五で弟子入りしたとしても、まず一人前の職人であろう」

「そのお方の不始末を女の私が詫びて許しを得られるかどうか、却《かえ》って藪蛇《やぶへび》になるやもしれません」

「そのことをそれがしも考えた。だが、番方もどうやら七代目も、姉様なら打ってつけと思われた様子なのだ」

「幹どのもいっしょですか」

「明日、会所に四つまでに夫婦で出向くよう番方に言われた。その先、それがしも幸助に同行してはいよいよ大仰にならぬか」

「そうですね」

汀女と幹次郎はしばし顔を見合わせた。

「これ以上、考えても仕方があるまい。明日、会所に参り、四郎兵衛様のお指図に従うしかない」

幹次郎の言葉に汀女は頷いた。

「姉様、酒は要らぬと言うたが、床に入っても直ぐに眠れそうにない。一本つけてくれぬか」

「私も相伴《しょうばん》しとうなりました」

と汀女が文机《ふづくえ》から立ち上がった。

温《ぬる》めの燗酒《かんざけ》の肴《さかな》は玉藻に頂戴したというからすみだった。

「お酌《しゃく》をしましょうかな」

と汀女と幹次郎は互いに酌をし合い、猪口《ちょこ》に口をつけた。

神経がぎすぎすと尖《とが》っていた。幹次郎は、

「これが務め」

と自らに言い聞かせていた。だが、やはり吉原を助けるためとはいえ、女ひとりの命を絶ったことに嫌な思いが胸の底に沈潜《ちんせん》していた。

酒で忘れられるわけもない。だが、頭に揺曳《ようえい》する不快感が酔いのせいで曖昧《あいまい》になっていく気がした。

その瞬間、幹次郎は薄墨に会ったことを告げるのをすっかり忘れていたことに気づかされた。

「おお、うっかりとしておった。本日はなにも心地《ここち》の悪い話ばかりではなかったのだ。姉様、砂利場の七助親方に落籍されたおいねさんが山口巴屋で祝言を挙げるそうじゃな」

「はい。昨日から承知しておりましたが、玉藻様に伝えておらぬ以上、わが亭主どのに話すことはできませぬゆえ黙っておりました」

「われらも祝言の場に招かれておるそうな」

「はい」

「姉様も出られるな」

「砂利場の親方の話では、祝言は料理茶屋を一軒まるごと借り切っての盛大なものです。私が客然として座に着くことができましょうか。私は祝言を切り盛りする側に徹《てつ》したいと思うのですが。幹どのが出られればうちは義理が済みましょう」

と汀女は迷いを見せた。

「そうか、薄墨太夫に姉様も喜んで祝言に出るであろうと答えてしまった」

「薄墨様とは立場が違います」

「言われてみれば料理茶屋の奉公人が招客といっしょでは互いに気を遣うかのう」

「そういうことです」

と応じた汀女が、

「薄墨様がどうされました」

「薄墨太夫を見張っておる者がいるようだ。このこと、薄墨太夫、番方、それがししか知らぬことじゃ。ただ今、番方が薄墨太夫の昔の客の洗い出しをしておる。二、三人に絞られてきたと今晩言っておった」

汀女はしばし沈思《ちんし》した。そして、口を開いた。

「番方が絞り込まれた数人のうちにそのような者がおりましょうか」

と汀女が呟くように言った。その語調に疑念があった。

幹次郎は汀女の顔を凝視《ぎょうし》した。

四

「姉様、なにか覚えがござるか」

としばらく汀女の顔を窺《うかが》っていた幹次郎が問うた。

「今からふた月ほど前のことでしょうか。三浦屋で手習い塾があったとき、薄墨様がいつものように手伝いをしてくれました」

汀女は吉原の女郎相手に文《ふみ》の書き方から和歌、俳諧《はいかい》などを伝授する塾を定期的に開いていた。その人数が段々増えて、手習い塾の当初からの門弟だった薄墨が汀女の手伝いをするようになっていた。

元々薄墨は武家の出。文も字も上手で、歌道《かどう》にも香道にも歌舞音曲《かぶおんぎょく》にも通じていた。薄墨にとって汀女の手伝いは自らの気晴らしであり、なにより汀女といっしょにいる時間を大切にしてのことだった。

そんな薄墨が三浦屋の二階からちらりちらりと仲之町辺りを見ることに汀女は気づき、

「麻様、なんぞ気にかかることがございますか」

と尋ねた。

汀女が麻と本名で呼ぶときは、その場に他人はいないときだ。

「あの御仁とよう目を合わせますでな」

と加門麻が応じたので、汀女は文机の前から立ち上がり、窓辺に立った。

だが、昼見世前の仲之町には客らしい姿はなく、茶屋の軒下に花売りの老婆が店を出しているばかりだった。

「どなたもおられませんね」

「汀女先生の立つ気配に、すうっと消えていかれました」

「どのようなお方です」

「本日は若衆《わかしゅ》のお武家姿でした。振袖《ふりそで》を着て前髪《まえがみ》立《だ》ちに結い、ふっくらと提灯のように膨《ふく》らんだ袴《はかま》を穿《は》いておられました」

「いつも形《なり》を替えられるですと」

吉原に通う遊客の中には凝《こ》った形の者もいた。一見木綿《もめん》ものだが、裏地は絹の絵模様であったり、煙草入れ、財布の細工《さいく》が、

「なんのなにがし」

と世間で知られた名人上手の手によるものをさらりと身につけていたりした。

「若衆姿ですか。歳は若いのでございますね」

「近くで会《お》うたことがございませんゆえ、はっきりと歳を言い当てることはできません。ですが、意外と歳は取っておられるような気がします」

「その御仁に麻様が気づかれた最初はいつのことです」

「春永《はるなが》のことでしょうか。仲之町で道中をしている最中に遠目から他の見物衆とは違った目つきで眺めるそのお方と一瞬目が合いました」

「眼差《まなざ》しに憎悪《ぞうお》がございましたか、それとも麻様を憧憬《しょうけい》の眼で見つめておられましたか」

しばし加門麻とも薄墨ともつかぬ表情で考え、

「分かりませぬ」

と答えた。明晰《めいせき》な薄墨にしては珍しく迷いがあった。

「憎悪、憧憬ともにあったとは思えません。ですが、私にある関心を抱いていることはたしかな眼差しにございました」

「その折りは若衆姿ではなかったのですね」

「いえ、前髪立ちでしたが、渡世人のような着流しで袖に片手を隠しておいででした」

「最前の若衆姿で何度目ですか」

「私が気づいたのでは四、五度目でしょうか」

「薄墨様には熱心なお客様がついておられます。とはいえ、だれもが薄墨太夫と親しく話せるものではございますまい。茶屋が信頼に足る人物と認め、何度か逢《おう》瀬《せ》を重ねてようやく薄墨様と座敷で話ができる」

さらに褥《しとね》をいっしょにするまでにはいろいろな仕来たりがあり、時間と金が莫大《ばくだい》にかかった。松《まつ》の位《くらい》の太夫と遊ぶということは男の遊びの極みなのだ。

「それがわちきの商売《あきない》にありんす」

薄墨太夫が寂しげな表情で汀女に言った。

汀女は薄墨の哀しみに気づかぬふりをして話を進めた。

「大半の客は薄墨様を遠巻きに見て満足します。それが吉原の華、限られた太夫の有りようにございます。そのような客の羨望《せんぼう》の眼差しとは異なるのでございますね」

汀女が念を押し、薄墨が顔を縦に振った。

「私の思い過ごしでしょうか。なにか考えておられるようで怖《こお》うございます」

と正直な気持ちを汀女に漏らした。

「麻様、会所にその旨《むね》伝えてようございますか」

「いえ、汀女先生、もう少し様子をみとうございます。私の勘違いなれば遊女の分を越えた差し口《くち》と咎《とが》められることになります。馴染であれ、素見であれ、私どもにとっては大事なお客様にございます」

と麻はその折りは断わった。


「……幹どの、それがふた月も前のこと。会うたびに私は薄墨様にその後どうなったかを尋ねました。じゃが、あのときを最後にあの御仁、私の前に姿を見せられませぬ、私の勘違いでしたと薄墨様はいつも答えられました」

「姉様、その折り、それがしにだけでも伝えてくれれば、手の打ちようがあったものを」

「幹どの、相すまぬことをしたと思うております。つい加門麻様と薄墨太夫がこんがらがり、自らの務めを怠《おこた》りました」

汀女が手習い塾を始めたきっかけは、むろん遊女の識見《しきけん》を高め、遊女としての地位を高めるための手伝いであった。

紋日紋日に客を誘う文を認《したた》めるのは遊女の嗜《たしな》みのひとつであり、その文に和歌一首も詠《よ》まれていれば客はなにを犠牲にしても吉原に駆けつけることになる。美しい文字を書き、三十一文字《みそひともじ》を詠むということは直に遊女の稼ぎにつながるのだ。

それでも最初は楼主の大半は遊女が集《つど》うことを嫌がった。

だが、汀女の教えが商い繁盛《はんじょう》に直結すると知った楼主は、抱えの中でも有望な女郎たちを手習い塾に通わせたから、最近では三浦屋の大座敷でも入り切れないほどだった。

手習い塾の存在の意味はもうひとつあった。

大見世から小見世までの女郎が一堂《いちどう》に会《かい》することは、それまでの吉原には考えられないことだった。初めて手習い塾に出た遊女は緊張した。だが、二度三度と通い手習い塾の雰囲気に慣れると、つい本音《ほんね》が出て、朋輩同士が自らの打ち明け話をしたり楼の内証《ないしょう》のことを話したりした。そのような話を耳に留め、その話がその楼にとって、あるいは吉原にとって不都合なことであれば、芽のうちに摘《つ》み取るために会所に極秘に報告された。

それもまた汀女の仕事のひとつだった。

汀女が詫びたのはそのことだった。

「天女池で感じた眼は、その者がふたたび薄墨太夫を遠くから監視し始めたということであろうか」

幹次郎は自問《じもん》するように呟きながら、若衆姿の者の眼差しに気づいた薄墨だ、もしその者が動きを再開したのなら、汀女に漏らしたように幹次郎にも言うはずだと思った。しかし、薄墨は天女池を見張る眼の存在に気づいてはいないようだった。

「若衆姿の眼差しと天女池の眼は、違うような気がする」

「と申されますと」

幹次郎は薄墨自身が同一人物とは考えていなかったような気がすると汀女に説明した。

「どうしたもので」

「番方の調べを待ちたいと思う。さすれば今少し事情が明らかになろう。われらの務めは善意の眼差しと悪意の眼を厳しく見分けることに尽きる。ただ、危ないゆえ排除するというのでは仕事にならぬ」

「いかにもさようでした」

幹次郎と汀女は話しながら燗徳利《かんどつくり》の酒を二本干していた。

「姉様、明日も早い。休もうか」

幹次郎は長屋を出ると井戸端に向かい、口を漱《すす》いだついでに顔と手足を洗った。

その瞬間、見張られていると感じた。天女池と同じ、

「眼」

だ。すると見張られていたのは薄墨ではなく神守幹次郎であったか。

幹次郎は闇に気配りをしながら、するする、とわが長屋に戻った。

「どうなされた」

と異変を感じたか汀女が訊いた。

「あのような話をしていたで、それがしが見張られているのではという錯覚《さっかく》に落ちたかな」

「幹どのが錯覚ですと」

汀女の口ぶりは錯覚などという言葉を信じていないようだった。

「薄墨様ではなく幹どのが狙われておりますか」

「どうも分からぬ」

と答えた幹次郎は刀剣研ぎ師一文字段平《いちもんじだんぺい》に和泉守藤原兼定の手入れを願おうと思った。くれない楼のおくらの体を二階まで通った楼の大黒柱に縫いつけた折り、

切っ先が傷《いた》んでいるのではと考えたからだ。

「あれこれ分からぬことを悩んでも致し方あるまい。休もうか」

幹次郎は寝巻に着替え、豊後岡藩を逐電《ちくでん》した折りに持参した無銘《むめい》の長剣、刃渡り二尺七寸（約八十二センチ）を枕辺《まくらべ》に置くと身を横たえた。

後片づけをした汀女が幹次郎の傍らに身を滑り込ませたとき、幹次郎はすでに眠りに就いていた。汀女が、

（おやおや、幹どのはすでに白川夜船《しらかわよふね》ですか）

と思ったとき、幹次郎の手が伸びて汀女のかたちのよい胸をそうっと触った。

「気にしておいでか」

「ただ今気にしておるのは姉様のことじゃ」

幹次郎の体が汀女の体にのしかかり、唇を塞いだ。

じりじり
と有明行灯の灯心が燃える音を立て、ふたりの情愛の光景を浮かび上がらせていた。


翌朝、幹次郎と汀女は浅草田町の花《はな》の湯《ゆ》に行った。朝湯に浸《つ》かり、さっぱりと

した幹次郎は湯屋の前で汀女が出てくるのを待った。

初夏の日差しが浅草一帯を照らしつけていた。

今日も暑くなりそうな、そんな気配だった。

「幹どの、お待たせ申しましたな」

と汀女が姿を見せた。

朝湯に素顔が光っていた。

「なんですね、幹どの」

「姉様の顔に見惚れておった」

「朝の間から冗談も ほどほどにしなされ」

「冗談ではない、神守幹次郎は汀女に惚れた。豊後岡藩を手に手を取り合うて逃げた十数年前から気持ちは少しも変わっておらぬ。いや、そうではないぞ、姉様と褥をいっしょにするたびに愛《いと》おしさが増す」

「今朝の幹どのはおかしゅうございます」

「おかしいか」

ふたりは肩を並べて左兵衛長屋に歩き出した。

「覚えておるか」

「なにをです、幹どの」

「晩夏《ばんか》であった。山陰道《さんいんどう》の海辺の宿でわれらはひとつ布団に初めて寝た。あの折り、姉様はこう言うた」

「もはや句は詠みませぬ、とな」

「やっぱり覚えておられたな」

「女子《おなご》は好きな男と初めて同衾した夜のことは決して忘れませぬ」

「以来、われらは幾千の夜を重ねたか。身を重ねるたびに恋しゅうなる、愛おしゅうなる」

「日差しの中で言われることではございません」

「正直な気持ちを伝えておきたいのだ」

汀女が足を止め、幹次郎を顧《かえり》みた。顔の表情が変わっていた。

「幹どの、女子はいつでもそのような気持ちを、言葉を待っておるものです」

ふっふふ
と幹次郎が満足げに笑い、

「姉様、告白ついでにもうひとつ秘密を明かしたい」

「なんでございますな」

「あの夜、追っ手に追われる夢に海鳴りが重なり、夜中に目覚めた。そして、それがしは姉様と初めて交情《まぐわ》った。その直後のことじゃ、海鳴りの向こうから五七五が聞こえた」

「ほう」

と汀女が幹次郎を見た。

「海鳴りに　旅路を問うか　夏の宿」

「うみなりに　たびじをとうか　なつのやど」

幹次郎の句を汀女がゆっくりとなぞった。

「下手とは分かっておる」

「上手《うま》い下手ではございません。大切なのはその折りの気持ちにございます。幹どの、汀女は句作を捨てて秀句《しゅうく》を得ました。汀女の支えです、生涯の宝物です」

「われら、あの宿から幾千里を歩き、幾宿を重ねたか。遥《はる》けくも遠くに歩いてきたものよ」

「いかにも、遠くまでいっしょに歩いてきましたな」

「死の刻《とき》までともに歩く。それがわれらの定めじゃからな」

幹次郎の言葉に汀女がこっくりと頷き、歩き出した。

しばらく無言で歩いていた汀女が言い出した。

「昨日、玉藻様から話がございました」

「なんじゃな、改まって」

左兵衛長屋の木戸が見えているところまで帰ってきたところでだった。

浅草田圃を抜ける道の路傍に立葵《たちあおい》が天を突くように咲いていた。

「玉藻様の話は、四郎兵衛様の意向を受けてのことのようです」

「四郎兵衛様の意向じゃと」

幹次郎にはなんのことか思いもつかなかった。

「番方が新居を持ち、お芳さんと浅草山谷の柴田相庵先生の診療所の敷地の離れ屋で暮らしておられます。われらも長屋住まいを脱して一軒家を持ちませぬかという話にございます」

「仙右衛門どのとお芳さんは相庵先生の入り婿入り嫁じゃからな、お互いが助け合《す》うて身内になった。まあ自然の流れじゃが、うちはふたりだけで長屋の暮らしになんの不自由もない」

「いかにもさようです。ですが、七代目は幹どのの働きぶりに対して会所は相応のことをしておらぬと考えておられるようです」

「一軒家じゃと、先立つものがあるまい」

「それはございます」

と汀女が言った。

「幹どのが吉原のために命を張って働いた金子を会所で預かってあるそうです。それがそれなりに貯まっておるとか。足りなければ私にもなにがしか蓄財がございます」

幹次郎には家を持つということがどういうことか想像がつかなかった。

「姉様はどう思う」

「長屋暮らしでなんの不足もございません」

「それがしもじゃ。一軒家となるとかような朝湯の楽しみもできまい」

「一軒家とは申せ、お屋敷暮らしではございません。部屋数、二間《ふたま》ほどの小体《こてい》な家にございましょう」

「ならば左兵衛長屋と変わらぬな」

「変わらぬといえば変わりませんな」

汀女の返答には含みがあるような気がした。

「家持《いえも》ちになった気分はどのようなものであろうな」

「幹どのも私も昔は大名家《だいみようけ》の長屋暮らし。それが当たり前の暮らしにございましたものな」

「返事は急ぐのであろうか」

「幹どのは迷うておられますか」

「迷うておるのかどうかすら分からぬ。これまで考えたこともなかったでな。そうじゃ、番方に相庵先生の離れ屋の暮らしを訊いてみよう。返答はそれからでよかろうか」

「それでようございます」

木戸口で髪結のおりゅうにばったりと会った。道具箱を持ったおりゅうが、

「会所に急に呼ばれたんだけど、なんですね、神守の旦那」

と訊いてきた。

「会所にな。なんのことやら推量もつかぬ」

「急げって話ですよ。ともかく行ってくるよ」

「おりゅうさん、ご苦労様。私たちも四つの刻限前には夫婦で出向くと会所に言うてくれぬか」

あいよ、と返事をしたおりゅうが道具箱をかたかたと鳴らしながら、左兵衛長

屋から土手八丁への緩《ゆる》やかな坂を上がっていった。

幹次郎と汀女はおりゅうを見送りながら、おりゅうが急に呼ばれた曰くを考えたが、どちらも思い当たらなかった。

第三章　おかんの祝言

一

　幹次郎と汀女のふたりが揃って大門を潜ると、面番所に隠密廻り同心の村崎季光が立っていて、

「汀女先生、ふだんにも増して清々《すがすが》しくも大いにそそられるお顔をしておられるな」

　と声をかけてきた。

「村崎様、それは褒め言葉にございますか」

「むろん褒め言葉じゃ。なんとも裏同心どのが羨ましい」

「有難うございますとお返事しておきます」

と答えた汀女が、

「母御のおすぎ様のお加減はいかがにございますか」

「な、なに、そなた、わが母の名まで承知か」

「驚くには当たりますまい。ふだんから亭主が世話になる村崎様のお母上の名を承知なのは当然にございます。おお、そういえば、過日、お節介《せっかい》をしてしまいました。菖蒲《あやめ》の花はお気に召しましたか」

しばし沈黙して考えていた村崎同心が、

「なに、あの菖蒲の花をわが屋敷に届けてくれたのは汀女先生か」

「玉藻様と仲之町を飾る菖蒲の花のよいところを植木屋の長右衛門《ちょうえもん》親方に分けてもらい、八丁堀にも届けました」

「驚いたな。まさかわが老母の見舞いが吉原から届いていたとは。うむ、あの日は殊の外、母が聞き分けよくてな、上機嫌であった。そうか、吉原から花が届いたか」

村崎同心がようやく得心したように頷《うれ》いた。

「女子はいつまでも花一輪《はないちりん》の贈り物が嬉しいものにございます。村崎様、今夕は奥方様に朝顔《あさがお》の鉢などをお買い求めになってお持ち帰りになりませんか」

「わが古女房に朝顔の鉢植えじゃと、似合わぬ似合わぬ」

「その考えがようございません」

「そうか、そうかのう。ところで裏同心どのも時折、そのような心遣いをするゆえ、汀女先生がいつまでも美しく機嫌が宜しいのか」

「村崎どの、それを申されますな。最前からいつその矛先《ほこさき》がそれがしに向いてくるか、案じながら話を聞いておりました」

「なんだ、おぬしも釣った魚には餌《えさ》はやらぬ口か」

「じょ、冗談を申されてはなりませぬ。わが姉様は釣った魚などではございません。それがしが三拝九拝《さんぱいきゅうはい》して嫁になってもろうたお方、最前からの話にそれがし卒然《そつぜん》と悟りました。近々、花など購《あがの》うて長屋に戻ります」

「ふっふっふ、おぬしが驚き慌てるのを見るのはなかなか面白いな。そうか、裏同心どのと共闘して亭主が女房に花を贈る会を結成するか、どうじゃな」

「ようございますな。村崎どの、男同士で話し合いましょうか」

「それがよい」

村崎は幹次郎を慌てさせたことに大満足の様子で、

「女房に花を贈る亭主の会な、悪くない」

と言いながら面番所に入っていった。

「驚いた。まさかこちらにとばっちりが来るとは思わなかった」

とぼやく幹次郎らの前を、

「神守様、汀女先生、御免なさいよ」

と言いながら、いつもの五十間道の駕籠《かご》勢《せい》の駕籠が二丁《ちょう》、どこぞの楼に呼ばれたか、大門前に横着けされた。その一丁はなんと紅白の布で創られた花々で飾られてあった。

「なにかお目出度いことがあったか」

「さあてな、わっしらは大門前で待てと言われただけですよ」

幹次郎が汀女の顔を見ると、なんとなく思い当たる節《ふし》があるのか、得心の笑みを浮かべていた。

「なんだな、この花駕籠の種明かしは」

「会所に参れば分かりましょう」

汀女の謎めいた言葉に、幹次郎がきっちりと閉ざされた会所の戸を横手に引いた。

すると板の間の真ん中に座布団が敷かれ、くれない楼の遊女だったおかんが緊張の様子で女髪結のおりゅうの手で髪を島田髷《しまだまげ》に結い直されていた。そして、その傍らには大工の幸助が落ち着かない表情でおかんが女郎から世間並みの女に変わる様子を眺めていた。

「お出でなされましたか」

昨夜遅く土手八丁で別れた番方の仙右衛門が声をかけてきた。

若い衆の金次が角樽《つのだる》を持って、すでに祝言の仕度を終えていた。

「番方、この騒ぎはなんでござるな」

「七代目の趣向《しゆこう》でしてね、新堀川の栄造棟梁に機嫌を直してもらうにはこれくらいしないと受け入れてもらえないと言われるのですよ」

「おかんさんを新妻《にいづま》のように吉原から親方のところに送り届ける算段《さんだん》ですか」

「へえ、その介添《かいぞ》えが汀女先生と神守様夫婦ってわけですよ」

「今朝はあれこれと驚かされる日です」

「なんですね、驚かされるとは」

「いえ、それは宜しい。それより口上方《こうじようがた》は姉様で宜しいな」

と幹次郎は汀女を振り返った。

「さすがは七代目です。栄造棟梁の気持ちを察しておられます。なれど口上は男の役目にございましょう。あとの場は取り持ちますので、口上方は幹どのに願います」

「姉様があとは引き受けてくれるか」

と少しばかり幹次郎は安堵して頷いた。

「お手数をかけますな、汀女先生」

奥から四郎兵衛と玉藻が姿を見せた。

「おりゅうさん、どうですね」

玉藻の問いかけにおりゅうが、

「まさか吉原会所で島田髷を結わされるとは思いもしませんでしたよ」

と苦笑いし、最後の仕上げを櫛で整えると、

「おかんさん、五、六歳は若返りましたよ」

と言った。

鏡を覗き込んだおかんが、

「これが私の顔なの」

と、だれとはなしに訊いた。

「どうだい、幸助さん」

と小頭の長吉に感想を訊かれた幸助が、

「なんだか、おれの知っているおかんじゃないや」

「今のおかんさんと昔のおかんさんとどっちがいいんだえ」

幸助がおかんの顔をちらりちらりと見て、指でおかんを差した。

「よし、幸助さんが満足したところで、神守様、汀女先生、付添いの大役宜しくお願い申しますよ」

四郎兵衛が願った。

その言葉に幹次郎が頷いた。おかんがおりゅうに手を添えられて立ち上がり、その手が汀女へと渡された。

おかんのこの日の衣装は紫地に伊勢型小紋《いせがたこもん》で、柄は一富士二鷹《たか》三茄子《なす》という縁起のいい文様《もんよう》だった。小見世の女郎が着る着物ではない。幹次郎は、

(ああそうか、玉藻どのが自らの着物から与えたものか)

と納得した。

たしかに島田髷に結い、小紋を着たおかんからは女郎の色が消えていた。

「今日の大仕事は汀女先生の役目のようだね、お渡し申しますよ」

「おりゅうさん、たしかにおかんさんを送り届けます」

おかんと汀女が板の間から会所の広土間に下りて、幸助も従った。その幸助を傍らに手招きで呼んだおかんが、

「頭取、ご一統《いっとう》様、皆さま方のお力添えでこうして大工の幸助のもとに嫁に行くことができます。生涯、このことを忘れは致しません」

と挨拶し、幸助といっしょに頭を下げた。

「幸助さん、おかんさんと幸せにな」

四郎兵衛の言葉に会所の腰高障子が開かれ、汀女に手を引かれたおかんと幸助が歩き出した。

番方の渋い声が木遣《きや》りを歌い出し、若い衆が一斉《いっせい》に和して、その中をおかんと汀女が会所から待合ノ辻を横目に大門を出ると、花駕籠におかんが乗り込み、もう一丁に幸助が乗るように金次が言った。だが、

「おれが駕籠だって、やめてくんな。そうじゃなくたって三日も吉原で明烏《あけがらす》の声を聞いたおれだ、棟梁にぶん殴られるよ」

と尻込みした。

「なに、おまえさん、駕籠に乗りつけてねえか」

と駕籠舁《か》きが言い、顔を見て得心した。

「未だ駕籠になんぞ乗ったことはねえ」

「こんなときじゃねえと乗れないぜ」

駕籠屋に言われたが、幸助は頑《かたく》なに拒絶した。すると大門まで出てきた玉藻が、

「駕籠屋さんも困っているわ。ここは汀女先生が幸助さんの代わりを務めてくださいな」

と助け船を出し、汀女も大門前で揉めるのを避けて、

「ならば私が」

と静かに乗り込んだ。

「よし、相棒、年季の明けた女郎さんの新たな出立《しゅったつ》だ、景気よく静々《しずしず》と行くぜ」

「相方、景気よくか静々か、どっちなんだよ」

二丁の駕籠舁きたちが掛け合いながら、木遣りに送られて五十間道を上がっていった。

新堀川の大工の名人栄造棟梁の家には、会所から使いが行ったようで門前はきれいに掃除がされ、打ち水がなされて客を迎えるばかりになっていた。

角樽を持った金次が格子戸を跨ぐと奥に向かい、訪《おとな》いを告げた。すると会所の意を酌んで待ち受けていたおかみさんが、

「お待ちしておりました。どうぞお上がりください」

と許しを与えた。

その許しを待って金次が門前に戻ってきて、すでに駕籠から降りていたおかんの手を引いた汀女が幹次郎に合図をして先行するように願った。

「幸助どの、それがしの傍らに従いなされ」

幹次郎が命じた。

「棟梁が怒ってねえかね。今日のことを知らなくてよ、なんだ、おめえは無断で仕事を休んだ上に、なんの真似だって怒鳴られないかね」

「その折りは、言い訳をせずにそなたの額を床に擦《す》りつけなされ。それがしもいっしょに詫びるでな」

「裏同心の旦那、そんなことまでさせて悪いな」

「男がいったん決めた道だ、覚悟をしなされ」

よし、と自らに言い聞かせた幸助がそれでも腰を屈め、顔を伏せて幹次郎に続いた。表口では先ほどの金次への応対同様におかみさんが迎えた。

「それがし、吉原会所に奉公致す神守幹次郎と申す。本日は栄造棟梁に願いの筋これあり、かように罷《まか》り越した。棟梁によしなにお取り次ぎのほどを願いたく候」

「ようこそいらっしゃいました。ささっ、うちのが奥で待ち受けております。お上がりくだされ」

「ならばまずそれがしが棟梁にお目にかかり、本日の次第を申し上げたい。その上で棟梁の許しを得たのち、願いごとを致す。おかみさん、それで宜しゅうござろうか」

「ご丁寧なことでございますね」

名人と評判の四代目のおかみさんが幹次郎の丁寧さにいささか呆《あき》れたように答え、案内をする体《てい》を見せた。

幹次郎は上がり口で腰の大刀を抜くと手に提げて、おかみさんの案内に従った。

さすがに名人上手の大工の棟梁の家作《かさく》だ。

一間幅の廊下が続き、狭いながら凝った造りの中庭に面した居間の神棚の前に、襟《えり》に、

「大工棟梁四代目栄造」

と染められた真新しい印半纏《しるしばんてん》を着た親方が待ち受けていた。

四十代に入ったばかりか。がっちりとした体つきと顎の張った顔に貫禄《かんろく》と自信が満ち溢《あふ》れた棟梁だった。

幹次郎は廊下に座すと一礼し、

「お初にお目にかかる吉原会所の神守幹次郎と申す。本日は吉原の不手際《ふてぎわ》でこちらの弟子の幸助どのを、三晩にわたり足止めした経緯を説明致し、かたがたお詫びに参上《さんじょう》仕《つかまつ》りました」

と口上を述べた。

「神守様、すでに経緯は七代目の使いから聞かせてもらいました。うちの幸助が却って迷惑をおかけ申しましたな。まさか吉原会所の腕利きが幸助の許しを得に来られるとはわっしは思いもしませんでしたよ」

と笑って磊落《らいらく》に応じた栄造が、

「で、うちの幸助はどうしておりますので」

「表に待たせてございます」

「あいつ、独りでございますか」

「いえ、馴染であった遊女のおかんの年季が無事に明けましたゆえ、これからは幸助どのの女房として連れ添うべく幸助どのともども表に待たせてございます」

「へえ、手回しのよいことで。幸助の女房もいっしょですかえ」

「棟梁、ご引見《いんけん》お許し願えようか」

「吉原に迷惑をかけた上に嫁入りのお膳立てまでしてもらい、幸助も果報者《かほうもの》にございますな」

と苦笑いした栄造が廊下に控えていたおかみさんに、

「幸助と相手のおかんを呼びな」

と命じた。

なにか言いかけたおかみさんが思い直したように表口へとふたたび迎えに出た。

「幸助から吉原の女郎を女房にしたいという話は聞いておりましたよ。うちの弟子の中でも幸助は気が回るほうじゃございませんでね、十四のときから年季を入れたというのに主立《おもだ》った普請に手を入れることはまだ許しておりません。だがね、神守様、あいつは下拵《したごしら》えをさせるとだれよりも丁寧で間違いがねえ。大勢が働く普請場にはそんな大工も要るんですよ」

「いかにもそのような人柄とみた。そのような幸助どのと気性が合ったおかんだ、きっとよいおかみさんになるとそれがしは信じておる」

幹次郎が答えたところに汀女に手を引かれたおかんが現われ、その後ろから幸助が身を縮めて金次に尻を押されるようにして姿を見せた。

「魂消たな、汀女先生の介添えですかえ。幸助風情に勿体《もったい》ない。神守様と汀女先生のご入来《にゅうらい》だ。ささっ、座敷に入ってくださいましな、汀女先生」

汀女が付き添っているとは考えもしなかったか、栄造親方がこんどは狼狽《ろうばい》した。

「そうか、汀女先生の付添いは七代目の差し金だね。得意様じゃ、わっしも文句のつけようがないものな」

「棟梁、山口巴屋の主にして普請の施主《せしゅ》はあくまで玉藻様、あるいは後ろに控えておられる四郎兵衛様にございましょう」

「汀女先生、七代目の親子が表に立ったんじゃあ、とてもじゃねえがわっしが当惑《とうわく》するとさ、思われたのでございましょうよ。その点、汀女先生はふたりの名代《みょうだい》として申し分がないお方の上にご亭主の神守幹次郎様まで付き添ってこられた。こっちはさ、真綿《まわた》で包《くる》まれたように雪隠詰《せっちん》めだ。幸助を許すしかない」

「お許しくださいますか」

「汀女先生に面と向かって言われて断わり切れるものか」

と言った栄造棟梁が、

「幸助、おかんを伴っておれの前へ面《つら》を見せねえ」

「はっ、はい」

と返答をした幸助だが、決心がつかないかもじもじした。

「幸助さん、棟梁の命《めい》です。殴られようと蹴られようといっしょにお叱《しか》りを受けますよ」

おかんが幸助の尻を押して栄造の前に出した。

「と、棟梁、すんません」

「幸助、こたびは吉原会所のお歴々《れきれき》揃っての詫びだ、許す。だがな、おかんをもらってふらふらと腑抜《ふぬ》けな真似をしてみねえ。うちを叩き出す」

「もうしねえ。おかんといっしょになれたんだもの」

「おかん」

栄造棟梁がおかんを睨んだ。

「はい」

おかんが棟梁の顔を正視した。

薄化粧《うすげしょう》の顔にはもはや小見世の女郎の面影はない。

「幸助を頼んだぜ」

「棟梁、おかみさん。今後、うちの亭主に仕事の上でしくじりはさせません。このたびだけ大目に見てください」

おかんが頭を下げ、幸助も慌てて見倣《みなら》った。

「よし、呑み込んだ」

と請け合った栄造棟梁が、

「神守様、汀女先生、こいつらは改まって祝言を挙げることもございますまい。付添いで来られたのもなにかの縁だ。おふたりが仲人となって、この場で三三九《さんさんく》度《ど》の真似ごとをしたい。その役、引き受けてはくれませんかえ」

幹次郎は汀女の顔をちらりと見て、

「承知仕った」

と受けた。

さすがは大工の棟梁の家系の四代目だ。たちまち簡素ながら祝言の仕度が整った。

「神守様、仲人の務めだ。『高砂《たかさご》』の一節《ひとふし》をこいつらの門出《かどで》に願えませぬか」

「それは困った。それがし、西国《さいごく》のさる大名家の下士《かし》の出にござってな、住吉《すみのえ》の松と高砂の松が夫婦《みょうと》になる伝説は承知でも、謡《うたい》は習《なろ》うたこともない」

と困惑する幹次郎の傍らから汀女が、

「私どもふたりでひとつの夫婦にございます。亭主に代わって祝賀の席にて謡《うた》わせてもらいます」

汀女が姿勢を改めて凜《りん》とした声音で謡い納めた。

二

仲夏《ちゅうか》、仲之町には菖蒲が植えられ、桜とは違った趣《おもむき》を醸し出す。五月五日の端午《たんご》の節句《せっく》には遊女から禿、若い衆まで楼主から仕着《しき》せが与えられた。そして、この日から袷が単衣に替わった。

本式な夏の到来である。

このところの気持ちのよい気候に合わせたように吉原は平穏無事な日々を過ごしていた。

くれない楼は潰れ、抱えの女郎や奉公人はそれぞれ廓内の見世に散った。楼はただ今吉原会所が管理していた。

神守幹次郎か、それとも薄墨太夫か、どちらを見張るか、あるいはふたりを見張るかの監視の眼はこのところ消えていた。

菖蒲を見物に訪れた素見の客たちがぞろぞろと仲之町をそぞろ歩いていく。公《く》事《じ》で在所から出てきた連中六、七人がひと塊《かたまり》になり、

「江戸ちゅうところは面白いのう。菖蒲を飾って喜んでござる。鹿六《しかろく》さんよ、なんでもこの菖蒲を飾るのによ、五、六十両もの大金がかかるだと」

「なんじゃと、菖蒲飾ってよ、銭になるなればおらたちの村からよ、花をいっぺい運んでよ、飾ればよ、半金《はんきん》で済まねえか」

「半金どころか五、六両頂戴できればよ、御《おん》の字だ。なにしろこたびの公事でよ、わしらが得た取り分はわずか二両三分と一朱《しゅ》だ。わしらの路銀《ろぎん》にもならねえべ」

「これからは江戸で商いをするのがいいかねえ」

「それもよ、花の吉原は銭払いがよさそうだな」

「どこぞに掛け合うかね。だれがいいか」

水を何度も潜り、継ぎの当たった袷を着たひとりが辺りを見回し、幹次郎と仙右衛門に目を留めた。

「兄さんよ、吉原を差配するよ、名主はどこにおるだ」

「菖蒲を売り込もうって話ですかえ」

「聞いていたかね、ならば話が早いだよ」

「やめておいたほうがいいね。吉原は昔から大工の棟梁はだれ、植木の親方はだれと出入りが決まっているんですよ」

「そりゃ、そうだべ。この菖蒲が六十両ちゅうのはほんとの話だね」

「昔から長右衛門親方が手掛けるのが決まりですよ」

「わしらなれば十両もあればよ、この通りに水を引いてよ、年中菖蒲を楽しむくらいの普請は直ぐにするだがね」

「お客人、仲之町に堀を掘られてもかなわねえよ。桜の季節は二、三分咲きの桜の木を植え、菖蒲の時期には菖蒲を植えて数日から十日ほど楽しんだら、取り下げさせる、これがさ、吉原の心意気、粋なんでございますよ」

「なに、六十両もかけて数日でほかすというだかね。勿体なかんべ」

「いかにも勿体のうございますな。ですが、それが吉原ってところでしてね、お大尽《だいじん》が一夜に何百両って散財《さんざい》する所以《ゆえん》でございますよ」

「うちの村じゃ考えられないな」

ひとりが嘆息《たんそく》したところに仲之町にちゃりんと鉄棒の鉄輪が当たる音が響き、花魁道中が姿を現わした。男衆の持つ箱提灯で薄墨太夫の道中と知れた。

「兄さん、あれが名高い花魁道中だべ」

「いかにもさようでございますよ」

「花魁はどこのだれべえかね」

「だれべえとおいでなすったか。花魁は男じゃございませんでね、三浦屋の薄墨太夫にございますよ」

「兄さんはなんでも詳しいな。吉原に入り浸《びた》りだな」

「お客人、わっしらは客じゃございませんでね、吉原会所の者にございますよ。揉めごとなんぞがあれば仲裁するのがわっしらの役目でございます。ゆえに吉原のことはいささか承知しておりますので」

「ほうほう、おめえさん方は吉原の奉公人かね。ならば詳しいわけだ。ありゃ、だれだ」

と客がもう一度尋ねた。最前の仙右衛門の話を聞いていなかったのだ。

「三浦屋の薄墨って花魁にございますよ。高尾と並び、ただ今全盛を誇る太夫のひとりでございます」

「全盛を誇る薄墨さんかね。今晩、おらがあの花魁といっしょによ、布団に潜り込むには一体いくらの金子がいるだね」

「さあてね、万金《まんきん》の小判を積んでもその夜のうちに同衾《ともね》はできない仕来たりでございましてね。この引手茶屋を通してせめて三度三浦屋さんに上がり、そんなことを繰り返したあとに夫婦固めの 盃《さかずき》を交わしての床入《とこい》りにございますよ」

「面倒なもんだな。おら、好きな女なればよ、納屋《なや》に連れ込んでよ、押し倒すのが好みだ」

「そりゃ、在所じゃ許されてても江戸じゃやめておかれたほうがようござんすよ」

仙右衛門が素見の男たちと話しているところに薄墨太夫の道中が差しかかった。

長柄傘を差しかけられた薄墨には出が武家の女だけに凛とした貫禄と気品《きひん》が漂い、道中を見物する男たちを、
ぞくり
とさせるほど魅惑《みわく》した。

最前からあれこれと軽口を叩いていた在所からの客も茫然と息を呑んで見つめていた。

薄墨の外八文字《そとはちもんじ》を踏む体が優美《ゆうび》にも幹次郎らのいる方角を向き、そこに幹次郎がいることを承知していたように、笑みを湛《たた》えた表情を送ってきた。ぞくりとするほどの艶然《えんぜん》とした笑みだった。加門麻として幹次郎には決して見せない、

「遊女の艶《つや》」

であった。

見物のだれもがなにも言わなかった。ただ言葉を失《な》くして薄墨の一挙一動《いっきょいちどう》を見守っていた。

艶《あで》やかにも香気《こうき》を放った道中が幹次郎らの前を通り過ぎ、それまで黙りこくっていた男たちから一斉に吐息が漏れた。

「ありゃ、女子じゃなかっぺ」

「女子でねえならなんだ、百十《ももじゅう》の父つぁん」

「魔物だな、ありゃ。わしらが付き合える女じゃねえだよ」

「だども父つぁん、おら見てよ、にっこり笑ったぞ。ありゃ、誘っている証しだっぺ」

「ばか言うでねえ。ありゃ、わしさ、見ただよ」

「いいんや、おらだ」

と男たちがわいわいがやがや話し始めた。

その瞬間、幹次郎はなにかを感じた。

仲之町と角町の見物衆の群れの中に紫地の長振袖を着た若衆が佇んで、七軒茶屋の山口巴屋に到着する花魁道中を見送っていた。そして、その視線がさまよい、幹次郎の眼差しと合った。

遠目には薄い眉だ。整った顔立ちの若衆だったが、歳は薄墨がいつか言ったように二十五、六はいっているように思えた。

(天女池の姿を見せぬ監視の眼の持ち主か)

花魁道中がいったん引手茶屋の前に止まり、薄墨太夫が緋毛氈《ひもうせん》を敷いた縁台《えんだい》に優雅に腰を下ろした。するとその一挙一動を見ていた男たちから期《き》せずして溜息《ためいき》が漏れて夕闇の仲之町に流れていった。

「番方」

幹次郎が視線を若衆に預けたまま、呼んだ。

そのとき、仙右衛門は派手な羽織を着た直参旗本の子息《しそく》と思える四、五人が大門を潜るのを見ていた。

「仲之町の引手茶屋大野木《おおのぎ》の軒下を見てくだされ」

と小声で告げた。

仙右衛門が気配を感じさせないようにゆっくりと視線を巡らした。

そのとき、風がふわりと仲之町を吹き抜け、若衆が風に紛《まぎ》れるように軒下から路地奥へと姿を消した。

そこは蜘蛛道の一本で、吉原の客が入り込む場所ではない、それをいとも自然に薄闇に紛れるように掻《か》き消えた。

「なんでございますな」

大野木へと視線を移した仙右衛門が問い返した。そのことを承知して若衆は姿を掻き消したと思えた。

「つい最前まで紫地の長振袖に袴を穿き、前髪立ちの若衆が立っておった」

「吉原には変わった装いで来る客がおりますからな」

「そうではないのだ」

幹次郎は、ふた月ほど前から薄墨に付きまとう若侍のことを改めて告げた。そして、そのことは薄墨も承知で気にかけておること、それを汀女に相談していることも加えて告げた。

「そうそう、その一件がございましたな」

仙右衛門も思い出してくれた。

このところ吉原会所はあれこれと立て続けに騒ぎが降りかかり、番方らは頭を休める暇がなかった。

薄墨が気にして汀女に相談したということは、なにか気がかりがあるゆえだと仙右衛門も即座に察した。

「神守様、わっしが視線を大野木に巡らしたときにはそれらしき人物はおりませんでしたぜ」

「それがしが番方に話しかけたのを見て、蜘蛛道に姿を溶《と》け込ませおった。それがし、初めて見た若衆じゃ。天女池で感じた眼と別の人物と思うておったが、ひょっとしたら姿なき眼の持ち主と若衆は同じ人物かもしれぬ」

仙右衛門が会所の前に立つ金次を呼んで、小頭の長吉に薄墨の帰りを密かに見張るように命ずるとともに、大門から紫地の長振袖を着た若衆が出ていくようであればそのあとを尾《つ》けよと言い添えた。

「神守様、わっしは羅生門河岸に回り込みます。蜘蛛道を両方から挟み込みませんかえ」

「相分かった」

ふたりは吉原七町の表通りとは趣を変え張り巡らされた細い路地の隅々をすべて承知していた。だからふたりの脳裏には長振袖の若衆を追いつめる蜘蛛道のどこを進めばよいかが頭に描かれていた。

改めて言う。

元吉原のころ、江戸町一、二丁目、京町一、二丁目および角町の五丁町が本通りだった。それに揚屋町、伏見町、堺町《さかいちよう》が加わり、八丁町の表通りがあったそうな。だが、明和《めいわ》五年（一七六八）の火事の辺りで堺町の名が消えたあと、五丁町に揚屋町、伏見町が加わって七丁町となっていた。だから、吉原の異名の五丁町は正しくは七丁町だった。

この五丁町、あるいは七丁町が吉原の表の顔ならば、路地裏は吉原の隠された地域だ。この表から見えない路地を蜘蛛道と会所では呼んだが、だれもが蜘蛛道の総延長が何里になるのか、承知していなかった。

そんな吉原の路地奥には表の商いを支える男女が一万人以上住まいする暮らしの場があった。そこには野菜から雑貨、湯屋から質屋までどのような商いでもあって、表の吉原を支えていたのだ。

仙右衛門と幹次郎は阿吽《あうん》の呼吸で二手《ふたて》に分かれ、幹次郎は紫地の長振袖が消えた蜘蛛道に入り込んだ。

幹次郎が入り込んだ蜘蛛道は引手茶屋大野木の東側にあるところから、

「大野木の蜘蛛道」

門方《もん》とも呼ばれ、路地奥の十数間（約二、三十メートル）先に質屋の壱季屋田左衛《いきやたざえ》門方があった。

幹次郎がその前を通りかかると一間の表戸は開かれ、暖簾が下がって風に吹かれていた。そして、番頭の種造《たねぞう》が所在なさげに煙草を吹かしているのが見えた。

「番頭どの、今ここを長振袖の若衆が通らなかったか」

幹次郎が暖簾を分けて問うと、

「おや、神守の旦那か。長振袖かなにか知らないが、人の気配でさ、客が来たのかと思ってさ、路地を見たとき、紫色の風が吹き抜けていってさ、煙草の匂いがして、客じゃないとがっかりしたところだ。ありゃ、だれですね」

帳場机に座り込んで何十年にもなりそうな種造が反対に幹次郎に問い返した。

「分からぬのだ」

と答えた幹次郎はさらに奥へと大野木の蜘蛛道を進んだ。すると壱季屋の隣に大野木の裏出口があって、台所で女衆が忙しげに働いていた。

引手茶屋は夕暮れ方がいちばん忙しい刻限だ。

幹次郎は大野木の裏出口を過ぎると、蜘蛛道が三又《みつまた》に分かれ、真ん中に井戸があった。すると医師の佐々木道伯《ささきどうはく》が井戸端で夕涼《ゆうすず》みしながら居眠りしていて、その足元に老いた犬がやはり寝込んでいた。

道伯なんてご大層な名がついていたが、浅草山谷町に診療所を構える柴田相庵のような名医ではない。

その昔、牢《ろう》屋敷で牢医をしていたとかで、大酒のせいでしくじりを繰り返して吉原の蜘蛛道に流れついたのだ。

「道伯先生は朝の間だけがまともな医師、昼を過ぎるとただの酔っ払い」

という評判が定まっていた。また治療代で揉めごとを起こすとも悪評が立っていた。それでも局見世の女郎が腹痛を起こしたり、子供が風邪を引いたりするときには気軽《きがる》に引き受けてくれ、役に立った。

「道伯先生、ちと伺いたい」

幹次郎が声をかけると老犬が目を開けて、幹次郎を疲れた顔で見た。そして、道伯が伏せていた顔を上げた。

「それがし、会所の神守でござる」

「ああ、汀女先生か」

「汀女はそれがしの女房どのじゃ。まあ、そのようなことはどうでもよいが、つい今しがた、ここを若衆姿の侍が通り過ぎたのを見ておるまいな」

「酔っ払いは覚めどきがいちばん嫌なものでな。覚えていたりいなかったりしてな、厄介なものよ」

「ただ今は記憶がしっかりとしておられるのか、それとも」

「紫色の若衆侍なれば、六助《ろくすけ》の体の上を飛び越えて右手へと入っていった」

と老犬を顎で指した。

「右の路地にござるな」

「汀女先生、わしの家から貧乏徳利を持ってきてくれぬか」

「いささか急いでおる、自分で動きなされ」

幹次郎は答えると右の路地を選んだ。すると背から佐々木道伯の舌打ちが響いてきた。

三又の先は楼の板壁が続き、一段と暗く感じられた。

幹次郎は暗闇で足を止めた。

どこからか、見張られているような感じがした。天女池と同じ陰湿な感じの眼だった。だが、暗い蜘蛛道のどこにも人が潜む場所などなかった。

「それがしに用か、それとも薄墨太夫に悪さを企んでおるのか」

闇の中で呟くように声を発した。だが、どこからもなんの答えも返ってこなかった。

表通りから花魁道中に素見連が上げた声が響いてくるばかりだ。

「それがしに用なればいつでも相手を致そう。薄墨太夫に悪さを考えておるなれば、やめられたほうがよかろう。命を懸けてもこの神守幹次郎が守るでな」

どこからともなく薄笑いがしたような気がした。だが、闇の蜘蛛道に人の気配はないように思えた。

幹次郎はさらに奥へと進んだ。

羅生門河岸へと抜ける手前に、大工の貫吉《かんきち》が住んでいた。小見世などの普請の手直しに重宝《ちょうほう》されている男で湯屋から戻ってきたところか、腰の辺りに古浴衣《ふるゆかた》を巻きつけて、柱に錐《きり》のような道具で突き立てた蚊遣《かや》りをぶら下げて夕涼みをしていた。

貫吉は五十過ぎの歯の抜けた大工だ。歯は自分の使う金槌《かなづち》の頭が抜けて顔に当たり、前歯を折ったままで、歳よりも老《ふ》けて見せていた。

「貫吉さん、夕涼みか」

「この季節からの蜘蛛道は一番きついからな」

「この路地を若衆侍が通らなかったか」

「蜘蛛道に客が入り込んだって、この先は羅生門河岸だぜ。だれが化け物女郎のところによ、蜘蛛道を通っていくんだい」

「そなた、ここにいつからおられる」

「四半刻前に湯屋から帰ってきてよ、夕涼みとしゃれ込んだところよ」

ということは、あの若衆はこの大野木の蜘蛛道の途中で消えた。いや、あるいは道伯の記憶違いで左手の蜘蛛道に飛び込んだか。

「河岸道に出てみよう」

「そうするといいや」

と答えた貫吉に幹次郎が尋ねた。

「湯屋はどこへ参られた」

「おりゃ、揚屋町裏の湯屋が贔屓だ」

「ということは道伯先生の前を通られたな」

「ああ、あいつ、おれの歯を見るたんびによ、治療せよ、とぬかしやがる。酒代欲しささ」

「先生は三叉で居眠りしていたかな」

「この刻限、正気でいるものか、いつだって夢の中よ」

「そなたが通ったことも気づかなかったかな」

「気づくものか。あいつの飼犬だって、面《つら》を見るどころか目さえ開けねえや」

ということは、道伯は若衆を見たには見たが、右と左を見間違えたことが考えられた。

幹次郎は道伯のところまで引き返そうかと考えたが、まず羅生門河岸に出てみることにした。

羅生門河岸、浄念河岸《じょうねんがし》の棟割《むねわ》りの局見世は間口《まぐち》四尺五寸（約百三十六センチ）、わずか二畳に満たない座敷で遊女が体を一《ひ》ト切《きり》と呼ばれる、

「ちょんの間《ま》（約十分間）」

に百文で売った。

その局見世との間に幅一尺（約三十センチ）あるかなしかの路地をなんとか抜けると、明石《あかし》稲荷のほうに仙右衛門の姿があって、幹次郎を見ると顔を横に振った。

薄墨太夫に関心を見せる若衆侍は蜘蛛道の闇に姿をくらましたか、すでに大門を出て、吉原の外に出たか。

幹次郎は仙右衛門のところに歩み寄り、大門へ戻ってみることにした。

三

大門では小頭の長吉らがいつもより険しい警戒の眼で廓内から出ていく男らを見張っていた。むろんこれから遊里に来る客らになにかあったかと、不審の念を抱かせるような態度ではなく、あくまでにこやかな笑みを浮かべてのことだ。

吉原会所の反対側では、隠密廻り同心の村崎季光が無精髭《ぶしょうひげ》の伸びた顎を撫でながら、所在なさげに次々に大門を潜る遊客、素見連を見ていた。いつもならばとっくに面番所を退《さが》っている刻限だ。

「村崎どの、遅くまで精が出ますな」

幹次郎は、日が落ちてまで面番所にいる隠密廻り同心に尋ねた。

「そなたら、なにやら隠しごとをしていないか。吉原はあくまでわれら江戸町奉行所の隠密廻りの監督下にあるのじゃぞ」

「ご念を押されることもございませぬ。村崎どのこそ、このところご精勤ではございませぬか」

幹次郎は殊更《ことさら》丁寧な言葉遣いで問うた。

「裏同心どの、それがしの問いに、はぐらかして答えようとはせぬようだな。やはりなんぞ隠しごとをしているようじゃな、なんともおぬしらの挙動が腑に落ちぬ。おかしいではないか」

と村崎が長吉らが眼を光らす様子を顎で指した。

「いえ、なにもはっきりとしたことではございませぬのでな、村崎どののお耳に入れて、気を煩《わずら》わすことではなかろうと思うたまでです」

「そのように丁寧なところが怪しい。言うてみよ」

「ならば申し上げます」

番方の仙右衛門は村崎同心の相手を幹次郎にさせて、長吉らのところに行った。

幹次郎は、ふた月ほど前から薄墨太夫を見張る者がいることを告げた。そして、この夕暮れどきもその者が長振袖の若衆姿で薄墨の花魁道中を眺めており、幹次郎らが目に留めると、大野木の蜘蛛道に溶け込むように姿を消したことを話した。

「なんだ、そのようなことか。おぬしに言うまでもないが、薄墨は全盛を誇る吉原一の遊女じゃぞ。その者でなくとも、この村崎季光も羨望の眼差しで見つめておるわ。そうじゃ、ときに裏同心どの、薄墨と会う折りに拙者を連れていってくれぬか、それがしの想いを伝えてみようと思うてな」

「村崎どの、面番所同心とて、廓内ではすべて黄金色のものが力を持っておりますでな、それがしが口を利いたとて、その先は誠意と小判の高《たか》にございましょうな」

「ああ」

と呻《うめ》いた村崎が、

「すべて世の中は金かねかねか、全くつまらぬ」

と言い放った。

「それが世間というものにございますぞ。村崎どの、母御と女房どののもとにお帰りになるのがよかろうかと思いますがな」

「ああ、全くつまらぬ」

とふたたび同じ嘆《なげ》きを繰り返した村崎が、

「真に最前話したことがおぬしらの懸念なんじゃな」

と念を押した。

「いかにもさようです」

「紫色の長振袖を着込んだ小姓《こしょう》姿だか若衆姿ならば人目につく。この大門を見張っておき、出てくるところを会所に引っ張り込み、なぜ薄墨をつけ回すかと尋問してみよ」

「村崎どの、遠くから眺めておる者を会所に呼べるものですか」

「それもそうじゃな。まあ、金子になる話でもなし、おぬしらに任せようか。おぬしの忠告に従い、そろそろ八丁堀に帰るとするか」

と答えた村崎同心が面番所に控える小者《こもの》らを呼び、

「あとは任せたぞ、裏同心どの」

と幹次郎へ言葉を残し、せかせかとした足取りで大門を出ると、五十間道を上がっていった。

幹次郎は巻羽織《まきばおり》の背が少し丸まった村崎季光を見送りながら、

(だれにも悩みはあるものよ)

と村崎の戻りを待つ八丁堀の役宅の様子を頭に描いた。

「神守様」

と反対側の大門のところから番方の声がした。

幹次郎は五十間道から客の流れが途絶えた頃合を見計らい横切った。

「未だあの若衆姿の侍、大門を出た形跡はないそうです」

仙右衛門の答えは当然予想されたものだった。

小頭の長吉らが眼を光らせているから、見逃すはずもない。また若衆姿の侍にしても当然大門の出入りを吉原会所が厳しくしていることを予測しているはずだ。大門の見張りが緩んだ折りを見計らって抜け出ると考えられた。

「ということは廓内に潜んでおりますか」

「あるいは小見世などに登楼してこちらの動きを見ておるか」

「どちらにしても奴は、五丁町から抜け出てはいませんぜ、神守様」

と長吉がふたりの会話に加わった。

「薄墨太夫は三浦屋に無事戻られましたな」

と幹次郎が長吉に念を押した。

「へえ、今宵の客は伊勢亀《いせき》の大旦那でございましてな。ときに神守様を座敷に呼べぬかと玉藻様に言葉を残されたそうですぜ」

伊勢亀の大旦那とは札差《ふださし》の筆頭行司《ひっとうぎょうじ》伊勢亀半右衛門《はんえもん》のことで、長年の薄墨の馴染であり、吉原会所とも親しい間柄だった。

「伊勢亀の大旦那の言葉とはいえ、吉原会所の陰の者が表座敷に上がり込めるはずもなし、話は有難くお聞きした」

ふっふっふふ、と長吉が笑い、

「神守様らしゅうございますな。面番所のなんとか同心なればぴょんぴょん跳ねて、三浦屋に飛んでいきますぜ」

と言い残すと、若い衆をふた組に分け、そのひと組を長吉が指揮《しき》して廓内の見廻りに出ていった。

大門前に残ったのは番方と幹次郎、若い衆の金次に宗吉《そうきち》の四人だ。

金次が大門の脇に縁台を出し、幹次郎と番方の席を設けてくれた。そこには煙草好きの仙右衛門のために煙草盆や蚊遣りまで用意されていた。

今夜の見張りが長丁場になると金次はみたのだろう。

おっ、気が利くようになったな、という表情で金次を見た仙右衛門が腰をまさぐり、ちえっ、と小さく舌打ちした。

「煙草入れを忘れてこられたか」

「つまらないところを神守様に見られましたな。なあに、お芳の奴が煙草を吸い過ぎると口うるさいんですよ」

「お芳さんは煙草が嫌いか」

「へえ、いっしょに暮らすようになってなにやかやと小《こ》うるさいったらありゃしねえ。煙草は喉に悪いと相庵先生の受け売りでね。煙草をやめてはどうですか、とやんわり煙草入れを取り上げられちまいましてね」

「それはまた仲が宜しいことで」

「わっしは吉原会所の奉公人ですぜ。女房に言われて煙草をやめたなんて、神守様でもなけりゃ言えませんや」

吉原では、遊女と客を取り結ぶ小道具が煙管であることは世間でも知られていた。張見世の格子越しに突き出される、

「吸い付け煙草」

が遊女が客を引き寄せる最初の手管であった。

汀女も煙草が嫌いだった。また薄墨が加門麻へと身を変じたとき、決して煙草など吸わないことを幹次郎は承知していた。ふたりの女はどことなく好みまで似通っていて、姉妹のように付き合っていた。

お芳もどうやら煙草は好きではないようだ。

「面白いことがあるものだ」

「なにがですね」

「いや、別のことを考えておった。若衆姿のあの者が煙草を吸うことを思い出したのだ。蜘蛛道に香りを漂わせて姿を消しおった」

幹次郎は頭に思い浮かべたこととは別のことを番方に答えた。

「あやつ、煙草好きでしたか」

「どうやら」

大門の内側、通用口が閉じられたその場所は、賑やかな通りの中でいわば死角、だれも気にしない場所だった。まして、ふたりの前に金次と宗吉が立っていたので、奥に座るふたりに気づく者はいない。

「あやつ、出てきますかね」

「そう容易く正体を見せる輩とも思えぬ」

「と申されますと」

「今宵ひと晩、こうして見張ってもあの者は大門を抜け出るとは思えぬ」

幹次郎は頭にひらめいた考えを仙右衛門に伝えた。

「居続けをすると申されるので」

「なんの根拠もなきことだが、あの者、この廓内に住んでおるのではなかろうか」

「となると、わっしらの眼は節穴《ふしあな》同然ということになりますな」

吉原会所の古株の番方ともなると、廓内の住人はもとより出入りの商人の顔と名前はすべて諳《そら》んじていた。でなければ、できない役目だった。

遊女三千人の他に一万人以上の住人が二万七百六十余坪の敷地に住み、さらに会所の鑑札《かんさつ》を受けた商人、髪結などが出入りしていた。

「番方、そう思うただけだ。なにか根拠があっての言葉ではない。気にされたら勘弁願おう」

「神守様の勘はよう当たりますでな。聞き捨てならねえや」

「かと申していつ何刻、この大門を出ていくかもしれぬ」

「待つしか手はございませんな」

長吉らの見廻り組がほぼ同時に戻ってきた。

「番方、どこといって怪しい気配はございません。それに一応念のために楼には三浦屋以下局見世まで長振袖の若衆の客はいないか尋ね歩きましたが、どこにも登楼の様子はございませんや」

長吉の報告に頷いた仙右衛門が、

「小頭、交代で夕餉を食べねえ。引け四つまでは交代で張り番を務めることになりそうだ」

「野郎、未だ廓内にいるってことですね」

「そう神守様と話し合ったところだ」

「ならばわっしらが先に飯を頂戴します」

小頭ら見廻り組が会所に姿を消した。

「金次、おめえらも先に食いねえ。ここは神守様とおれが張り番していよう」

「いいんですかえ」

「いいから行きねえ」

と仙右衛門がふたりを会所の台所に追いやった。

会所の賄《まかな》い飯は引手茶屋の山口巴屋の料理人が作り、会所の台所の板の間に運んでこられた。

あとに残った仙右衛門と幹次郎の足元から蚊遣りの煙がゆっくりと立ち昇っていく。

「番方には気の毒じゃな」

「蚊遣りの煙ですかえ。なんで人ってのは無駄なものが好きなんでございましょうね。酒、煙草、女、博奕と手を出さなきゃあ苦しむこともねえ」

「吉原は四つの欲の三つまでが売り物でござろう」

「人の一生ってのは死ぬまで迷うて迷うて、結局答えが出ないものではございませんかね」

「ほう、今晩の番方の言葉には含蓄《がんちく》がござるな」

「冷やかしっこなしだ。ただ煙草が吸いたくて世迷言《よまいごと》を並べているだけですよ」

「世迷言な」

「神守様が迷うとしたらなんですね。酒はほどほど、煙草は吸われねえ。女は汀女先生一筋だ。博奕なんぞは端《はな》っから考えに入らねえ」

ふたりは無駄話をしながらも、事を済ませ、冷やかしに五丁町をひと回りした連中の一人ひとりに眼を光らせていた。

だが、長振袖の若衆どころか、武家の姿もあまり見かけなかった。

御免色里の吉原は、江戸の人口の半分を占めその数五十万といわれた武家方も大事な客筋だった。

だが、江戸に参勤出府《さんきんしゅっぷ》してきた大名諸家の家来衆、直参旗本の吉原通いは主に昼見世だった。というのも、夜間に屋敷で大事が起こったときに留守をしていた、それも吉原に登楼していたでは言い訳にすらならず、御家取り潰し、身は切腹《せっぷく》という事態にも発展しかねない。ゆえに、

「武士の遊びは昼見世」

と相場が決まっていた。

むろん直参旗本の次男坊、三男坊の部屋住み連が仲間といっしょに小見世に揚がり、ひと騒ぎすることはあった。

そんな面々は懐が寂しい。ゆえに夕暮れどきに登楼し、馴染と肌を合わせて早々に引き上げていったりした。

そんな様子を仙右衛門と幹次郎は、低声《こごえ》で話しながらも観察してきた。

「それがし、何百石もの家禄の出なれば、若いうちから酒にも女にも博奕にも迷うたかもしれぬ。じゃが、飢《う》えを凌《しの》ぐのがやっとの下士であったゆえ欲望のすべてに縁がなかったし、迷うこともなかった」

「これがね、銭があるなしは関わりございませんや。なきゃ他人のものを盗んででも遊びたい、それが人の欲望にございましてね。神守様は煩悩《ぼんのう》とは関わりがない」

「煩悩な」

「神守様の欲は、あるいは迷いはなんでございますな」

幹次郎はしばし考え、口を開いた。

「ひとつだけ生涯答えの出ぬものがあるとすれば、剣の道かもしれぬ」

「神守幹次郎様の迷いごとは剣術《やっとう》ですかえ。そんなところに女が惚れるのかね」

「番方、想い想われた恋はひとつしかない。命を張った恋はそれで十分でござる」

「命懸けの逃避行なんて、この吉原の代々の遊女にもありませんや」

「吉原会所に拾われ、われら、ようやく終《つい》の棲家《すみか》を得た。剣があったればこその話であろう。ゆえに剣の道に迷うて、死の刻まで過ごすことになりそうだ」

幹次郎は分かっていた。

自らの剣が剣の本義を踏み外していることを、血に塗《まみ》れた刃《やいば》であることを。

剣の本義とはなにか。

剣を抜いて他者と立ち合うことなど避け、ただひたすら、終生、剣術修行に打ち込み、それだけを全うすることだと、幹次郎は考えていた。

剣を抜くときは己の憤怒《ふんぬ》ではなく忠義を尽くすべき一人《いちにん》のためであるべきだと。

幹次郎にとっては、その一人が汀女だった。その汀女との生涯を全うするために、吉原で剣を振るっていた。

そのことに対して、悔いはなかった。ただ、剣の本義を踏み外したことに時折虚《むな》しさを感じていた。

「わっしら、神守様と汀女先生夫婦に巡り会《お》うて、どれだけ助けられてきたか。いや、そんな言葉じゃ足りませんな。わっしもお芳も吉原に生まれ、生きていく定めにあった。そんな自分がね、えらく卑《いや》しいようでね。お芳は吉原の外に逃れ、柴田相庵先生のもとで生きていく道を選ぶことができた。お芳には吉原生まれという恥ずかしさがあったそうな。わっしにはお芳の気持ちがよう分かるんですよ。そんなわっしとお芳の気持ちを変えてくれたのが、神守様と汀女先生でございますよ」

「われら夫婦、番方とお芳さんに敬われるほどの者ではない。ただそれがしは姉様と一夜でもよい、互いの体を抱き締めて過ごしたいと思うてな、他人の妻になっておった姉様の手を引いて、豊後国岡藩を逃げ出した、それだけの男にござる」

「その一歩がさ、だれにも真似ができないのでございますよ。わっしは神守様に後押しされてお芳といっしょになった。そいつをね、ふたりでどれだけしみじみと旅の空の下で話し合うたことか。神守様と汀女先生がいなきゃ、わっしらの今はございませんや」

「素直に聞いておこう」

と幹次郎が答えたとき、浅草寺の時鐘《ときのかね》が四つ（午後十時）を告げ、遅い夕餉を済ませた長吉らが姿を見せて、

「番方、神守様、七代目がいっしょに夕餉を食したいと待っておられますぜ」

と声をかけてきた。


幹次郎は人影もない山谷堀の土手八丁から左兵衛長屋への道を下ろうとして、足を止めた。

九つの時鐘は四半刻前に鳴り響いていた。

吉原の大門は引け四つの拍子木の音を合図に閉じられていた。

が、ついに紫地の長振袖姿の若衆は大門に姿を見せることはなかった。

ということは未だ廓内にいるか、幹次郎らの眼を掻《か》い潜って外に出たか。このふたつしか考えられなかった。

ともかく四郎兵衛と相談し、今後数日いつもより警固を強めることが話し合われ、今夜は番方が会所に泊まることに決まった。

その代わり、明晩、幹次郎が会所で不寝番の長《おさ》を務めることになった。

仲夏の夜だというのに、

ぞくり

という寒気が幹次郎の背筋を奔《はし》った。

生暖かい風が山谷堀から吹き上げてきた。

煙草の香りが風に混じっていた。

大野木の蜘蛛道で嗅《か》いだのと同じ煙草の香りだと思った。

幹次郎は走り出した。ひと息に坂を下り、左兵衛長屋の木戸を抜け、歩を緩めた。

長屋に灯りがひとつだけ点っていた。

幹次郎と汀女の住まいだった。

ふたたび刻み煙草の香りを嗅いだ。

幹次郎は灯りの点った腰高障子の辺りにひら、ひら、ひらと紙が留められていることを認めた。

（姉様）

豊後岡藩を抜けるときに持ち出した長剣の鯉口を切った。

静かに灯りのある障子戸の前に立った。

人の気配がして、立つ様子があり、

「幹どのですか」

といつもの穏やかな汀女の声がして、幹次郎は一先《ひとま》ず平静に戻った。そして、戸の横の縦柱に小さな錐で留められた紙片を錐ごと抜いた。

四

幹次郎は夜明けを意識しながら眠りに就いていた。

昨夜、長屋に戻ったのが遅かったこともあり、下谷山崎町の津島傳兵衛道場の朝稽古を休むことにして就寝した。

ただ今の幹次郎に朝寝を楽しむほどの余裕はない。ただ疲れた神経と体を休ませるために眠ろうとしていた。

そんなとき、長屋の木戸に駆け込んでくる足音がして、幹次郎と汀女が住まいする長屋の前で足が止まった。

幹次郎は、

(なにかあったな)

と異変を察して目を覚ますと、体に重い疲労が残っているのを感じながら夜具をはねのけた。

「幹どの」

と汀女も起きたらしく、不安をにじませた声で幹次郎に呼びかけた。

「姉様、寝ておれ。昨夜は遅かったでな」

障子にうっすらと夏の朝の気配がしていたが、まだ明け六つ（午前六時）前の刻限だと幹次郎は察していた。

「まさか加門麻様になにごとかあったのではございますまいね」

汀女の声に応えたのは腰高障子を遠慮《えんりょ》げに叩く音だった。

「麻様に異変があったとは思えぬ。他のことであろう」

幹次郎の勘はそう教えていた。枕元の無銘の長剣を摑むと床から出て、寝間に続く居間に向かいながら、

「どなたかな」

と問いかけた。するとほっとした様子の声が応じた。

「会所の哲二《てつじ》です、神守様」

哲二はつい最近会所に見習いとして入ったばかりの十六歳の若い衆だ。

哲二の兄の光吉《こうきち》は、三浦屋の奉公人で、御寮に病の療養に行った振袖新造の花《はな》

邨《むら》の監視を仲間の参次《さんじ》とともに命じられた。その際、予想もしない呉服屋の手代に化けた宗形宣三郎《むなかたせんざぶろう》の出現に対応できず、ふたりとも突き殺されていた。

その弔いが済んだ翌日から弟の哲二が見習いとして吉原会所に奉公に出ていた。

「哲二、身仕度《みじたく》する間、待ってくれ」

幹次郎は心張棒《しんばりぼう》を外すと、哲二を土間に入れた。手にしていた刀を板の間に置くと寝巻の上に木綿の半纏を重ねた汀女が、

「幹どの、手拭いに黒文字《くろもじ》です」

と洗面用具を渡してくれた。

「なんだ、起きていたのか」

「そろそろ六つの時鐘が聞こえてきましょう。さあ、若い衆を待たせてはなりませぬ」

汀女が幹次郎を井戸端に向かわせた。

哲二は幹次郎と汀女のふだんの暮らしを見るのは初めてだった。だんだんと明るさを増してきた朝の微光に白く浮かぶ汀女の素顔を眩《まぶ》しそうに見ていた。

哲二の歳なれば朝の見送りに大門まで出てきた遊女に胸をときめかしても不思議ではない。だが、吉原の遊女と異なる暮らしの女の寝起き姿を見るのは初めて

か、初心《うぶ》な表情でもじもじしている。

そんな様子を見ながら幹次郎は左兵衛長屋の井戸端に行き、洗面を手短に済ませた。長屋に戻るとすでに雨戸が開かれて、居間に朝の光が差し込んでいた。

哲二は上がり框の端っこに身を固くして座っていた。

「哲二、なにが起こった」

幹次郎は汀女が用意していた夏小袖を着て帯を腰にきりりと巻きながら、尋ねた。

「おれ、金次兄さんに神守様を呼んでこいって命じられて飛び出してきたんだ。なにも知らないいんですよ」

「金次にな」

「兄さんは番方に命じられたんだよ」

「相分かった」

加門麻、いや薄墨に異変が起こったということではあるまいと思った幹次郎は、汀女に視線を向けた。

「なにがあったか知りませせぬが、麻様でのうてようございました」

と汀女も答えていた。

頷き返した幹次郎は着流しの腰に大小を落とし差しにした。すると、

「本日は暑くなりましょう」

と言いながら汀女が真新しい手拭いと菅笠《すげがさ》を添えて幹次郎に差し出した。さらに、

「これを忘れてはなりますまい」

と昨夜戸口に小さな錐で留められていた紙片を渡してくれた。この錐には見覚えがあった。

「うむ」

と頷いて受け取った幹次郎は、

「待たせたな」

と哲二に視線を向け直し、長屋の敷居を跨ぎながら、

(長い一日になりそうじゃな)

と思った。

木戸口を出た幹次郎は手拭いに紙片を挟み、懐に入れた。

紙片には短い文字が記されてあった。

「加門麻、武家の婦女子の気位を忘れしか
間宮慶一郎《まみやけいいちろう》の無念、
それがしが始末をつけ候

童門鋭三郎《どうもんえいざぶろう》」

とあった。

書き慣れた流麗《りゅうれい》な文字だった。

「やはり加門麻様に向けられた憎《にく》しみの眼差しであったか」

「鋭三郎とはどなたにございましょうな」

汀女が幹次郎から見せられた紙片の文字を見ながら呟いた。

「どのような関わりがあるか知らぬが、麻様が見知った者でないことだけはたしかじゃ。これまで何度か顔を合わせておるにもかかわらず存じておらぬ様子であった。それにしても加門麻様への憎しみの文を、かくもわが長屋の戸口に張りつけていったか」

「不覚にも気配に気づきませんでした」

と答えた汀女が、

「加門麻様に向けられた憎しみを幹どのに通告してきた曰くは、はっきりとしておりましょう」

「ほう、それはどのような曰くかな、姉様」

「幹どの、気づいておられよう。ですが、私の手前知らぬふりをしておられる」

「姉様」

「いいえ、幹どのを責めておるのではありません」

汀女の顔に穏やかな微笑《ほほえ》みがあった。

幹次郎は汀女の顔から手に握られた紙片に目を落とした。

「薄墨様はただ今吉原で全盛を謳《うた》われる太夫です。美貌、見識、人柄、立ち居振る舞いと、なにをとっても遊女三千人の中で抜きん出ておられる。その薄墨様をしてどうにもならないことがひとつだけありまする」

幹次郎は無言を続けるしかなかった。

「数多の客が薄墨様と閨《ねや》をともにしたいと願《ねご》うておられます。太夫といえども遊女である以上、致し方なき務めにございます。いえ、薄墨様の客筋はどなたをとってもなかなかの人物ばかりです。ですが、薄墨様が、いえ、加門麻様が惚れた相手はただひとり、体を張って猛炎の中から助け出してくれた幹どの、そなたです」

「姉様、それがしは務めでしたことじゃ」

「承知しております」

と答えた汀女の顔に複雑な感情が奔った。

「私、加門麻様が大好きです、実の妹のように思えます。できるなれば麻様の望みを一度でいい、叶えてやりとうございます」

「ふうっ」

と幹次郎は大きな息を吐いた。

「姉様、その言葉、聞かなかったことにしよう。それがしには汀女という想い女《びと》がおる。なによりわれらは吉原会所に奉公する身、その規《のり》を越えたとき、われらの前には地獄が待ち受けておる」

「はい」

と答えた汀女が、

「幹どののゆえ私の正直な気持ちを吐露《とろ》致しました。汀女の気持ちを知っておいてほしかったのです」

「姉様、相分かった」

と答えた幹次郎に汀女が最後に言った。

「文字には人柄が表われます。この紙片の文字、流麗にして達筆、なかなかの修業を積んだ者の文字かと存じます。されどこの文字を書いた人物は邪悪《じゃあく》にして惨《ざん》酷《こく》な気性の持ち主かと思われます。幹どの、努々《ゆめゆめ》油断をしてはなりませぬ」

夫婦の間の会話であった。

むろん幹次郎とて薄墨太夫が神守幹次郎と汀女夫婦の前だけで曝す加門麻の素顔と感情の複雑さを知らぬわけではない。加門麻として幹次郎に思慕《しぼ》の念を抱いていることはたしかだろう。

だが、それは禁じられた恋だった。決して神守幹次郎が踏み外してはならない一歩だった。

幹次郎は童門鋭三郎とその由縁《ゆかり》の者か、紙片にあった慶一郎のことへと考えを移した。

(慶一郎とは何者か)

紙片のことはしばらく七代目にも番方にも話すまいと決心した。まず加門麻に会って話を聞いてからのことだと考えたのだ。

大門を潜ったとき、明け六つの時鐘が吉原に夏の朝をゆらゆらと揺らすように響いてきた。

会所の戸口で金次が幹次郎を待っていた。

「哲二、ご苦労だったな」

と見習いの哲二を労《ねぎら》った金次が、

「神守様、案内致します」

とちらほらと帰り客のいる仲之町へと導いていった。

この刻限、妓楼も茶屋も戸を下ろし、閑散としていた。だが、吉原が眠りの中にあるわけではない。泊まり客の中にはお店《たな》の奉公人もいた。そういう客は七つ過ぎに大門を出て、お店に戻っていた。だが、六つ時分にも朝帰りの客がいて、半数以上の者が顔を隠す頭巾《ずきん》や手拭いを被《かぶ》っていた。

どこからともなく鶏《とり》の鳴き声が響いて、五丁町の通りを吉原に接してある浅草溜《ため》の男たちが掃除を始め、外からは肥取《こえと》りの人足たちの荷駄《にだ》が姿を見せていた。

遊びに疲れた客とその姿を見ないように働く人々とが交差して、昼見世とも夜見世とも違う景色があった。

金次に連れていかれたのは大野木の蜘蛛道の入り口だ。

「番方も小頭もすでにおられます」

「どこにおるというのだ、金次」

「道伯先生のところですよ」

「なにかあったのか」

「哲公、話しませんでしたか」

「そなたからそれがしを呼んでこいと命じられただけだと言うておったが」

「えっ、あいつ、なにも知らないで使いに出やがったか。そうか、うっかりしておりました。すいません」

「詫びるより、なにがあったか話せ」

「佐々木道伯先生が殺されたんですよ」

幹次郎は金次を睨むと蜘蛛道に入り込み、三又へと急いだ。佐々木道伯の診療所に会所の法被《はっぴ》を着た若い衆が溢れていた。

「すまぬ、遅くなった」

と幹次郎が声をかけると、若い衆が幹次郎が通るだけなんとか左右に自らの体を押し寄せて空けてくれた。

幹次郎は佐々木道伯の診療所を兼ねた住まいに入った。六畳ほどの広さの板の間の隅に梯子《はしご》が立てかけてあるのを幹次郎は見た。

「番方、小頭、遅くなった」

草履を脱いだ幹次郎が板の間に上がると、片膝をついた仙右衛門と長吉が幹次郎を見た。

「道伯先生が殺されたと金次に聞いたが、なんぞ殺される曰くを先生は持っておったか」

「神守様、昨夕、この蜘蛛道で道伯先生と会ったと申されましたな」

「例の長振袖の若衆を追っておるときのことじゃな。いかにも先生が井戸端で居眠りしておるのに声をかけた。その折り、それがしがだれか通らなかったかと尋ねると、紫色の若衆なれば六助の体の上を飛び越えて右手に入っていったと酔っ払い医師にしてはえらくはっきりと答えられた」

「それがそうじゃないんで」

仙右衛門が体を横手にずらすと、昨夕見たと同じ形《なり》の道伯の首に紫色の布地が絡まり、行灯の灯りに土気色《つちけいろ》になった顔に苦悶《くもん》の表情が見えた。

「長振袖の片方の袖を使い、酔っ払った道伯先生の首に巻きつけ、絞《し》め殺《ころ》しやがった」

「ということは道伯が若衆を匿《かくま》っていたのか」

「へえ」と答えた仙右衛門が立ち上がり、

「こちらに」

と梯子を斜めに引くと自ら最初に上がっていった。

幹次郎は腰の大刀を外すと長吉に預け、仙右衛門の後を追った。中二階と呼べば体裁もつく、ともかく階上の板の間の上に三畳間があり、若衆姿の紫地の長振袖や職人の衣装らしきものが何枚かあった。

「あやつ、道伯のこの三畳間に時折寝泊まりしていた様子なんでございますよ」

「蜘蛛道に姿を消した理由が分かったな」

「へえ、昨日もこの三畳間に潜んでいたんでございましょう。だが、神守様があやつを追っていると知った道伯が若衆を置いておくと危ないと考えて追い出しを図ったか、あるいは銭を搾り取ろうとして相手に反撃されたか、どちらかの理由で絞め殺されたんでしょうな」

「それがしも迂闊《うかつ》であった。もう少し道伯の具体的な言葉を怪しむべきであった。注意すればよかった」

「神守様、そいつは無理なことだ。だけど、飯炊き婆さんが朝、覗かなきゃあ、いつまでも骸《むくろ》は階下に転がったままだったかもしれませんや」

「隠れ家を失った若衆はどこへ消えたか」

と幹次郎が自問するように呟いた。すでに幹次郎は童門鋭三郎と思われる若衆が廓の外に出ていることを承知していた。

「へえ、あいつは大門を抜けておりましてね」

「何者かに変装してか」

「へえ、道伯の薬臭い医師の替え着に着替え、薬箱を手にふらふらと大門を出たんですよ。わっしらが七代目と遅い夕餉を食しておるときのことです。長吉たちはうっかり偽の道伯に騙されて、注意を向けなかった。いえね、無理もないことなんで。あの先生、時折、あの形で外茶屋裏の煮売り酒場に酒を呑みに行きますんでね、つい見逃した」

幹次郎は若衆が持ち込んだ衣装を調べた。

どれも柳原土手《やなぎわらどて》の古着屋で買い求めた代物のようで、あの紫地の長振袖の若衆姿からいきなり酔っ払い医者に形を変えたら、だれもそれが若衆の変装とは思うまい。

「神守様、あやつが廓の外に逃げたということは薄墨太夫への関心を失ったということでしょうかね。あるいは予想もしてなかった道伯殺しに至り、いったん吉原の外に逃げ出した」

「番方、間違いなく奴はまたこの吉原に戻ってこよう。あるいはふたつ目の隠れ家を廓内のどこぞに設けているかもしれぬ」

「と申されますと、昨夜道伯の形をして大門を出たのはあやつではないと申されますので」

「いや、あやつがいったん吉原を出たのはたしかであろう。それがしが言うのは時期を待って戻ってきたときのための隠れ家があるのではと思うただけだ」

「ということは、わっしらは当分、薄墨太夫の身辺に気配りを続けることになる」

「そうなろう。じゃが、そう長く続きはしまい」

その答えに仙右衛門が幹次郎を見た。

「番方、しばらくそれがしを独りにさせてくれぬか」

「それはようございますが」

「長いことではない。ちと調べてから七代目と番方に報告する」

「承知しました」

と仙右衛門が請け合い、幹次郎は二階から梯子段を下りた。すると佐々木道伯の亡骸が蜘蛛道へと運び出されるところだった。

小頭の長吉が幹次郎に、

「ドジを踏んじまいました」

「偽の道伯を見逃したことか。それはだれでも見逃しておろう。今のところ相手はわれらより一枚上手であったということにしておこうか。このままにはしておかぬ」

と言い切った幹次郎は長吉から刀を受け取ると、草履を履いて蜘蛛道の奥へと入っていった。

第四章　妄想《もうそう》

一

幹次郎は五つ半（午前九時）時分、天女池の野地蔵の前の、老桜の葉叢《はむら》が作り出す濃い陰の下に腰を下ろしていた。

縁台にするためにだれかが置いたか、切株《きりかぶ》が置いてあった。

幹次郎はそれに座って天女池の水面《みなも》が夏の光に煌《きら》めく景色を眺めていた。

三浦屋の薄墨太夫が野地蔵にお参りに来るのを待っていたのだ。

菅笠を被っていたが汗がうっすらと額に浮かぶのが分かった。

佐々木道伯の診療所で番方の仙右衛門と別れた幹次郎は羅生門河岸の方向に大野木の蜘蛛道を進んだ。そして、大工の貫吉の長屋の戸口に立つと、柱を確かめた。

　昨夜、蚊遣りを古い錐で吊るしていたところを確かめたのだ。蚊遣りも錐も今はなかったが、名残りで錐の穴だけが黒く残っていた。

　戸ががたぴしと開いて貫吉が道具箱を小脇に抱えて姿を見せた。

「おや、会所の先生、朝早くからなんぞ用事か」

「貫吉どの、昨夜この柱に錐で蚊遣りを吊るしておられたな」

「蜘蛛道は狭いや、往来する人が蚊遣りを蹴り飛ばさぬともかぎらねえからよ、柱に錐でぶら下げるんだよ。ちょっとした工夫《くふう》だろ」

　貫吉は自分の考えを自慢した。

「いかにもなかなかの工夫じゃな。その錐じゃが、道具箱に持っておられるか」

「仕事の道具としては使えねえぼろ錐だ。留守中に人が来てよ、言《こと》づけを錐に刺していくようにいつも柱に残してあらあ」

　と答えた貫吉が柱を見て、

「あれ、ねえや。だれだい、あんなぼろ錐を持っていった奴は」

「これじゃな」

　幹次郎は懐の手拭いの間から錐を出して貫吉に確かめさせた。

柄《え》がせいぜい四寸（約十二センチ）ほど、錐先はたしかに使い込んであった。大工の見習いが稽古のために使わされてきた道具か。

「なんだ、会所の先生が抜いたのか」

「返しておこう」

左兵衛長屋に紙片を留めるのに使われていた錐を、幹次郎は穴に戻した。

貫吉は奇妙な顔つきで幹次郎の動作を見ていたが、なにも言わなかった。

幹次郎は、その足で三浦屋を訪ねると、若い男衆が見世の前を掃除していた。

さすがに大籬の奉公人だ、てきぱきとした箒《ほうき》使いだった。

「遣手のおかねさんは起きておられるか」

「神守様、うちの楼ではおかねさんが一番の早起きですぜ。歳を取ると男も女も早起きになるのかね」

若い男衆が応じたところに当のおかねが、

「常《つね》、だれが歳を取ったって」

と姿を見せた。

「えっ、聞かれたのか。ええことを言っちゃった」

「このことをとくと覚えておいでな。おめえがしくじりをやらかしたとき、百倍にして返してやるからね」

おかねが若い男衆を真顔で脅し、相手は首を竦めた。

遺手は昔女郎だった者が務めた。それだけに遺手に選ばれた者は楼の主や女将さんの信頼が厚く、見世の裏表をすべて承知していたから、若い男衆では太刀打ちできない。

「神守様、なんですね、朝っぱらから」

「薄墨太夫と少し話したいのじゃが、まだ寝ておられよう。本日も天女池に参られるなれば、神守幹次郎がお待ち申しておると起きられたら伝えてくれぬか」

「おや、起き抜けに太夫を口説《くど》こうというのかえ、神守様」

「おかねさん、それがし、それほど大胆ではござらぬ」

「汀女先生の目が怖いかね」

「おかねさん、御用だ」

「御用ですって」

「いずれ分かることゆえ話しておく。大野木の蜘蛛道奥に診療所を構える佐々木道伯医師が殺された。その一件で薄墨太夫の知恵が借りたいと思うただけだ、他意はござらぬ」

「あの酔っ払い医者が殺されたってか。患者は少ない、そのくせ銭には汚いって評判の医者だ、いつかはこうなると思うていたがね。酔っ払いが殺されたこととうちの太夫とが関わりがあるとは思えないがね」

「それがし、薄墨太夫の知恵をお借りしたいと申し上げたぞ」

「はいはい、神守様の頼みを断わったら太夫からお叱りを受けますでね。たしかに伝えます」

とおかねが請け合った。

幹次郎はそれから時を潰して、天女池に来たところだった。

薄墨が天女池の野地蔵に手を合わせに来るのはいつも四つ前後だ。

時がゆるゆると流れて、日差しがさらに強くなった。

その直後、蜘蛛道への出入り口のひとつに薄墨が姿を見せた。

天女池越しに切株から立ち上がった幹次郎を見て、笑みを浮かべ、日傘を広げて差した。いつも連れている禿の姿はなかった。

幹次郎は立ったまま、小さな湧水池《ゆうすいち》を半回りして薄墨が幹次郎のもとに来るのを待った。

「神守様からお呼び出しとは珍しゅうございますね」

素顔の薄墨は加門麻へと変わっていた。

「ご迷惑ではなかったかな」

麻は今まで幹次郎が座っていた切株に腰を下ろして言った。

「神守様からの誘い、迷惑などありましょうか。いつなりともお呼び出しくださいまし」

「昨夜は伊勢亀半右衛門の旦那がお客だったそうですね」

「そう高みから申されますと、なにやらお調べを受けているようです」

麻が切株の傍らを指し、間を空けて幹次郎も腰を下ろすと麻を見た。ふたりの間に一尺に満たない空間があった。

「伊勢亀の旦那が借り切りにしてくれまして、酒を呑みながら四方山話《よもやまばなし》に時を過ごしました。あのようなお客様は滅多にございません」

薄墨は言外《げんがい》に閨をともにしたのではないと仄《ほの》めかしていた。

「伊勢亀の旦那は神守様をお誘いしたそうです」

「会所の奉公人が、いくらなんでも御用以外で大楼三浦屋の座敷に上がれるものでござろうか」

「加門麻のいる座敷ですよ」

「いえ、座敷にあるときは薄墨太夫にございます」

麻の日傘が傾き、そっと幹次郎の膝に手を触れて、離し、

「憎らしいお言葉です」

「話を戻します。伊勢亀の旦那を迎えに道中を整えられて山口巴屋に参られた」

「はい。神守様と番方が見ておられました、改めて問われることもございますまい」

「その折りのことです。見張られていることを承知でしたか」

「あの人物がまた現われましたか」

加門麻の顔に不安が漂った。

「引手茶屋大野木の軒下に紫色の長振袖で立っておりました。おそらくあの者は薄墨太夫の道中一行が通り過ぎるのを待って大野木の軒下に姿を見せたのでござろう」

麻がしばし考えに落ちた。

「私はあの折り、別の人物に気を取られておりました。ゆえに気配を見落としたのでしょう」

幹次郎は別の人物がだれとは問わなかった。

「おかねさんに佐々木道伯医師が殺されたと聞きましたが、このこととその者と関わりがございますので」

「麻様、あの者が道伯医師を殺したと思えます」

幹次郎は昨夕の出来事と今朝、道伯が長振袖の片方で首を絞め殺されたことを告げた。

「なんと恐ろしい」

呟いた麻が、

「となると、私があの者の関心の的《まと》ではなかったのですね」

と幹次郎に尋ね返した。

幹次郎はそれには答えず、ふたつ折りにされた紙片を懐から出し、麻に渡した。

麻はその紙片を直ぐには広げて読もうとはしなかった。幹次郎の説明を待っているのか、紙片を広げては嫌な思いをなすのではと予測しているのか、どちらとも幹次郎には判断がつかなかった。

「その紙片、それがしが夜半過ぎに左兵衛長屋に戻った折り、わが戸口に錐で留められていたものです」

麻が小さな驚きの声を漏らし、手にした紙片に目を落とした。

「麻様、それがし、一命《いちめい》に代えてもあの者の企てを阻止《そし》致します。それがしを信じてその文を読んでくだされ」

麻が幹次郎を間近から正視すると、こくりと頷いた。

幹次郎は麻の手にしていた日傘を受け取り、傘を差しかけた。片手にあった紙片を広げた麻が短い文面を何度も熟読した。

幹次郎は麻の表情を窺っていたが、格別変化は認められなかった。

紙片から視線を上げた麻は、天女池の煌めきを長いこと眺めていた。なにか思い出しているのか、あるいは不確かな記憶を辿《たど》っているのか、そんな感じがした。

「思い当たりませぬか」

幹次郎の問いに麻が顔を向けて、横に振った。

「納戸《なんど》頭《がしら》、間宮家の嫡男《ちゃくなん》慶一郎様とは顔を合わせたこともございません。私と慶一郎様の許婚《いいなずけ》は間宮、加門両家で決められていたようでございます」

幕府納戸頭は配下の納戸方を統轄《とうかつ》する職掌《しょくしょう》で若年寄《わかどしより》支配だ。焼火《たきび》之間《ま》詰め、御目見《おめみえ》以上、布衣《ほい》の役職であった。七百石高《こくだか》の役料《やくりょう》が支給された。

職務としては、将軍の衣服、筆・紙・硯《すずり》、扇子、馬具《ばぐ》など諸道具を調達、管理し、大名、諸役人らに下賜《かし》する金銀、時服《じふく》、物品も掌《つかさど》った。

将軍の身の回りのものを調達することから、奥向《おくむき》の掛合《かけあい》、御用達《ごようたし》の場とされた。商人との付き合いがあることからそれなりの実入りもあり、内証は豊かだった。

加門家は表御祐筆《おもてごゆうひつ》百七十石、加門家としては申し分のない縁組であったろう。

「間宮慶一郎と申されるお方と麻様は許婚であったのですか」

「はい。間宮家と加門家は祖父の時代より親しい付き合いをなしていたとか。そのせいで物心《ものごころ》つく以前から許婚であったそうです」

「慶一郎どのとは会うことも叶わなかったのですか」

「私が十五歳の折り、流行り病で身罷《みまか》られたのです」

「もはやこの世の人ではない。童門鋭三郎は慶一郎どのとどのような間柄ですか」

「慶一郎様が亡くなられたあと、間宮家では異母弟の童門鋭三郎様を跡継ぎにしようと呼び入れ、私を嫁にする約束を果たすよう迫ってきたことがございました。私はもはや幼子《おさなご》ではございませんでした。鋭三郎様を慶一郎様の身代わりにする気にもなれず拒み通してきたのです。ですが、間宮家では執拗《しつよう》に私を間宮の嫁にと迫ったようです」

「なぜでしょうか」

「父の病のあと、加門家は家運が傾きかけており、間宮家から金銭を融通《ゆうずう》してもらったことがありました。おそらくそれをかたに私を嫁にと所望《しょもう》されたのではないかと推量されます」

「童門鋭三郎と名乗っておる経緯をご存じですか」

「私が吉原に身売りする前後、鋭三郎様はいったん間宮家に入られたそうですが、継母《ままはは》との折り合いが悪うて、外に出たと聞いております。実家の童門姓を名乗っておられるのではございますまいか」

その辺のことは麻にも曖昧だった。

「念を押しますが、童門鋭三郎とは直に話したことはございませんな」

「会ったこともありません」

麻の答えははっきりとしていた。

「麻様が童門鋭三郎の監視の眼に気づいたのが、今春、ふた月ほど前のことでございましたな」

「そのころと思われます」

「その折りと近ごろの見張り方に違いがございましょうか」

麻はまたしばらく沈思した。

「そう神守様に問い直されますと、春の折りは私がだれかを確かめに来た感じだったのでしょうか、戸惑いが感じられました。その後、段々と見張りの眼がきつくなっていったような感じがします」

と説明した麻が、

「祖父や父の意向とはいえ、私が間宮慶一郎様の許嫁《いいなずけ》であったことはたしかなことです。ですが、童門鋭三郎様とはなんら関わりがございません」

と幹次郎に繰り返し強調した。

「こやつ、全く身勝手な考えです」

「武家の婦女子が吉原で遊女をしていることが褒められた所業《しょぎょう》でないことはたしかでございましょう。されど、それしか選ぶ道がなかったのです。気位を忘れしかとはどういうことにございましょうか」

「異母兄の慶一郎どのに代わりて間宮家に入ることも、麻様を許嫁にすることも鋭三郎は喜んだわけではない、と思いませぬか。それは継母との折り合いが悪く、直ぐに間宮家を出たことでも分かる。鋭三郎はあるいは許嫁の相手が麻様だったことも最近まで知らなかったのではなかろうか。最近、吉原で全盛を誇る薄墨太夫が加門麻様と知った。そのとき以来、妄想が膨らみ、薄墨太夫をつけ回し、失ったものの大きさに驚いたのかもしれません」

「さような曰くで執拗な見張りを繰り返してきたと申されますか」

「あくまでそれがしの推量です。今朝、姉様が童門鋭三郎の文字を見て、この文字、流麗にして達筆じゃが、文字に邪悪にして惨酷な気性が垣間見《かいまみ》られるというようなことを言うておった。文字には人柄が表われる、と」

「さすがに汀女先生です。私もこの文字からは邪《よこしま》なものしか感じません」

「すでに童門鋭三郎は人ひとり、医師の佐々木道伯を殺めております。このまま加門麻様が薄墨太夫のお務めを続けることを黙って許すとも思えない」

「神守様、私はどうすれば宜しいので」

「薄墨太夫の暮らしを続けられることです」

幹次郎の言葉に頷いた加門麻が、

「いつぞやも申し上げましたな。加門麻は吉原に入って薄墨に変じ、吉原と世間が許すなれば、遊女の務めを全うするつもりです。だれの持ち物にもなりませぬ」

「それが薄墨太夫、いや、加門麻様のご決意なればそれがし、一命を賭《と》してもお助け申します」

薄墨が幹次郎を見て、

「あれ、いつまでも神守様に日傘を預けておりましたか、失礼を致しました」

と紙片を幹次郎に戻し、日傘を受け取ると、

「あら、風が」

と傾く日傘の陰で薄墨が幹次郎の唇を一瞬奪うと、日傘を持ち直し、切株から立ち上がり、

「神守幹次郎様、その者、生きていく価値もない男《おのこ》に思えます」

言葉の外に始末してくれとの意味が込められているのを幹次郎は悟ったが、言葉ではなにも返さなかった。ただゆっくりと頷いた。


四半刻後、童門鋭三郎が幹次郎の長屋に残した文は、吉原会所の奥座敷で七代目頭取四郎兵衛の手から三浦屋の楼主四郎左衛門へと渡された。

幹次郎は薄墨を三浦屋まで送り届け、四郎左衛門に会所へとお越しくださいと伝えるよう薄墨に願ったのだ。それで四郎左衛門が会所へと急ぎ駆けつけてきたというわけだ。

短い文面を読んだ四郎左衛門を見て、四郎兵衛が、

「神守様、もう一度三浦屋さんにその慶一郎様と童門鋭三郎と薄墨以前の加門麻様との関わりを説明願えませぬか」

と願った。

幹次郎は首肯すると説明した。

事情を聞かされた四郎左衛門が、

「このところ、うちの楼には次から次へと変事《へんじ》が繰り返されますな。お祓《はら》いでもしたい心持ちです」

と嘆いた。

「四郎左衛門様、こたびのことはたしかに凶事《きようじ》でございます。されど、砂利場の七助親方とおいねさんのような目出度いこともございますよ。そう嘆くことばかりではございますまい」

「いかにも七助親方とおいねさんの祝言は目出度いが、うちの太夫を妄想の末に殺めようなんて許されませんぞ」

「むろんのことです、四郎左衛門様。会所ではなんとしても童門鋭三郎を大門の内に入れぬようこれまで以上、厳しい見張りを致しますでな」

「その者、あの酔っ払い医師の佐々木道伯を誑《たぶら》かしたか、家に入り込み、都合が悪くなると絞め殺したほどの悪人ですな。なんとしても捕まえてほしいものです」

と言った四郎左衛門が、

「おお、そうじゃ。当分神守様をうちに貸してはくれませんか、七代目」

「神守様に薄墨太夫の身辺警固をさせようという考えですか。悪い考えではないが、薄墨の贔屓の客がどう見ますかね」

「むろん密かにです。たとえば遣手のおかねの部屋で神守様に待機していただく」

七代目が三浦屋の主の言葉に頷き、幹次郎を見た。

「三浦屋様、それもひとつの策でございましょうが、まだその時は来ておらぬとは思われませぬか。ただ今、あの者、廓内にいないことだけはたしか。佐々木道伯医師を殺めたばかりで、直ぐに吉原に舞い戻ってくるとは思えませぬ。それがし、なんとしても童門鋭三郎のことを早々に調べてみとうございます。このこといかがにございますか」

幹次郎の言葉に四郎左衛門が四郎兵衛を見た。

「あやつをまず大門で食い止める。その間に神守様と番方とで童門鋭三郎の行方を当たってくれませぬか。三浦屋にはうちの若い衆を奉公人として二、三人入れて薄墨太夫を独りにせぬように努めます」

四郎兵衛が提案し、四郎左衛門、仙右衛門のふたりが賛意を示すように首肯した。

二

幹次郎と番方は船宿牡丹屋《ぼたんや》の政吉《まさきち》船頭に願い、まず大川右岸に口を開けた入堀に猪牙舟《ちょきぶね》を回してもらった。古着屋が集まる富沢町《とみざわちょう》を西に見て抜ける入堀の最初の橋は川口橋《かわぐちばし》だ。そして、組合橋《くみあいばし》、小川橋《おがわばし》、高砂橋《たかさごばし》、栄橋《さかえばし》、千鳥橋《ちどりばし》、汐見橋《しおみばし》、緑橋《みどりばし》と次から次へ姿を見せる橋下を潜り、ひとつ先の土橋《どばし》際で猪牙舟を泊めてもらった。

馬喰町の煮売り酒場虎次《とらじ》の店に身代《みが》わりの左吉《さきち》を訪ねようという幹次郎の思案だった。このところ左吉は吉原会所のために陰働きをすることが多くなっており、こたびも左吉の広い付き合いを期待してのことだった。

ただし、身代わり稼業ゆえいつ何時、小伝馬町《こでんまちょう》の牢屋敷にしゃがんでいるとも限らない。それに昼前の刻限、左吉に会うにはいささか早過ぎると思っていたが、昼めし前だというのに左吉は、すでに独酌《どくしゃく》していた。

髪が結い直され、朝湯に浸かった様子でさっぱりとした顔つきで、

「おや、吉原会所の両大関《おおぜき》がお揃いとはなんの用ですね」

と声をかけてきた。

「左吉どののお知恵を拝借《はいしゃく》に来たが、牢屋敷にお勤めに入られるのではございませんか」

と幹次郎が懸念を込めて尋ねた。

身代わりの左吉が幕府の定法に反した人に代わり、牢屋敷に身代わりに入る前、髪を結い直し、湯に入ってきれいさっぱりとした形《なり》で牢屋敷に出頭することを幹次郎は承知していたからだ。

「その反対でさあ。今朝方まで七日ほど牢屋敷にしゃがんでました。放免《ほうめん》になったところで知り合いの湯屋に飛び込み、髪結に行って虎次親方の店に来たところでさあ」

左吉が答えたところに、小僧から料理人見習いに替わった竹松が夏烏賊《なついか》の刺身を運んできた。

「左吉さん、そのうち虎次親方の店から竹松の店へと代替わりするかもしれないよ」

「ほう、虎次親方が隠居でもすると言われたか」

「親方にそんな気はさらさらない」

「ならば、竹松、店を高値で買い取る元手ができたか」

「そんな余裕がないことは、ここにおられる会所のお歴々が承知のことです」

「親方にその気がない、元手はないのないない尽くしで、どうして代替わりができるんだ」

「左吉さんを見倣って身代わりの酒場の主になれないかな」

「と勝手に思ったか」

「へえ、いけませんか」

「竹松、吉原でひと肌むけたと思ったが、まだ考えが甘いな」

「分かってますって。親方だっていつ何時、病に倒れるかもしれない。そんときさ、おれが面倒をみようと考えたことなんだ」

竹松がしゃあしゃあと言った。

「だって近ごろ、親方、夕暮れになるとさ、腹の辺りを押さえてさ、『おれも歳だ、疲れた疲れた』なんて独り言なんだか愚痴を漏らしているんだぜ」

「そいつは気になるな」

番方の仙右衛門が応じたとき、当の虎次が台所から姿を見せた。

「竹松、おれを隠居させたり、病人にしたりと店の乗っ取りを着々と図ってやがるな。おりゃ、まだ隠居もしねえ、病人でもねえ」

「それならいいけどさ」

と竹松が虎次を見た。その眼差しを見た仙右衛門が、

「親方、冗談は抜きにして、なんぞ気にかかることがあるんじゃないかえ。腹を思わず押さえているってのが気にかかるな」

「持病《じびょう》の癪《しやく》だよ、番方」

と即答した虎次が、

「ふうっ」

と小さな溜息を吐《つ》いた。

「おれのかみさんが浅草山谷で診療所を開く柴田相庵先生のところで働いているってのは親方も承知していいような」

「お芳さんといったっけ、いいかみさんだ」

虎次親方は竹松の筆おろし騒ぎを通じて、番方とあれこれと交流ができていた。だから番方の女房が幼馴染のお芳ということも承知していた。

「柴田相庵先生は江戸でも名医と評判のお方だ。番方とお芳さんは入り婿入り嫁だってな」

「そんな取り決めをしたわけじゃない。だが、わっしは相庵先生を実の親より大事に思っているんだ」

珍しいことに仙右衛門がそんなことを言った。

「なあに、わっしがこんなことを言い出したのは竹松さんの気持ちがよく分かるからだ。血はつながってねえが、実の肉親より思うてくれる人が傍らにいるってのは幸せなことだ」

「吉原会所の番方から法話《ほうわ》を聞かされているようだぜ」

「混ぜっ返すなって、親方。ここは竹松さんの気持ちを酌んで、柴田相庵先生に診《み》てもらわねえかえ」

「番方、おりゃ、医者と坊主と借金取りは嫌いだ」

「好き嫌いの話じゃねえ。これからも元気でいてもらうために相庵先生の手を借りねえと言っているんだ」

「大したことはねえよ」

「大したことじゃないって分かることが大事なんだよ。どうですね、わっしのお節介」

仙右衛門が幹次郎と左吉を見た。

「なんともよい話と思う。この際だ、虎次親方、柴田相庵先生と知り合いになるのも悪くはござるまい」

「そうだよ、親方」

竹松が言い、虎次が助けを求めるように左吉を見た。だが、左吉はなにも言わずににやにやと笑っているだけだ。

「親方、これが最後だ。おめえさんが浅草山谷に来ねえのなら、わっしが相庵先生とお芳を案内して馬喰町に来るぜ」

「ば、ばかな。おりゃ、殿様じゃねえよ。薬箱抱えた医者に訪ねられてたまるか」

「ならば、うちに来るな」

「それは考える」

虎次が少し弱気になったか呟いた。

「よし、会所の用事がどのようなことか知らないが、うまく目処《めど》がついたときにさ、おれが親方を柴田相庵先生とお芳さんのところへ連れていこう」

「左吉さん、そんな余計なことはなしだ」

「いや、これも縁だ。その代わりな、親方といっしょにおれも柴田先生の診察を仰ぐ。それなら親方、文句なかろう」

「えっ、左吉さんもおれといっしょに山谷に行くってか、診察を受けるってか」

「受ける。ただし、こいつは身代わりなしだ。おれと親方が相庵先生のお指図通りに組板《まないた》の上の鯉《こい》になる」

と身代わりの左吉がきっぱりと答え、

「なんだか騙し討《う》ちに遭ったようだぜ」

と虎次がぼやき、この一件は決着した。

「さてお歴々、いつまでも立たせたままですいませんでしたね」

左吉がひと騒ぎ終えた顔つきで幹次郎と仙右衛門に卓を挟んだ空樽《あきだる》を指し、座るように言った。

「また吉原で騒ぎが持ち上がりましたかえ」

「薄墨太夫に関わる話にござる」

と前置きした幹次郎が薄墨の本名を伝えて、これまでの経緯を告げた。むろん左吉、仙右衛門、そして幹次郎と三人だけの話だ。

「薄墨太夫が武家の娘とは聞いていましたが、旗本加門家のご息女《そくじょ》でしたか」

左吉はなんとなく加門家の名くらいは承知の様子だった。そして、

「納戸頭間宮慶一郎の異母弟の童門鋭三郎って野郎が、邪な考えを抱きましたか。間宮家に屋敷を追い出された野郎が腹違いの兄のことを思うだなんて、嘘っぱちだね。ただ、薄墨太夫が慶一郎の許嫁だったたってことを知り、強請集《ゆすりたか》りを働こうという魂胆じゃございませんかえ」

「左吉どの、どうも銭金《ぜにかね》ではないような気が致す。薄墨太夫の出を吉原中にばらしたところで太夫は平然としておられましょう。となると、実害を蒙るのは、間宮家か加門家のどちらかではござるまいか。鋭三郎も、それは分かっておりましょう」

「となると、麻様が申し出を受けていれば薄墨太夫がわが嫁になっていたはず、それが断わられたことを恨《うら》みに思い、嫌がらせを始めた、ということですかえ」

「左吉さん、時を経れば妄想ってのはさらに厄介になり、薄墨太夫が己の嫁であったような錯覚に落ちていくんじゃございませんかえ」

「なあるほど」

仙右衛門の言葉に左吉が頷き、

「この手合いは損得なしに行きつくところまで行きます。そいつをね、神守様は案じておられるのでございますよ」

左吉がしばし思案した。そして、

「ご両人、二、三日、ときを貸してくだせえ。まず童門鋭三郎って野郎のことを調べてみます」

とふたりの頼みを請け合った。


「神守様、驚きました」

仙右衛門が言い出したのは虎次親方の店から猪牙舟が待つ入堀の土橋際に戻る折りだ。

「驚きとはなんのことでござろう」

「薄墨太夫が武家の出くらいはわっしも承知していましたよ。だけど、加門麻様という本名をご存じの上にどうやらあれこれと加門家が落ちぶれた経緯もご存じのようだ。それだけ太夫は神守様を信頼しておられるのですな」

「番方、吉原の成り立ちを考えてみられよ。庄司甚右衛門様が日本橋近くに官許《かんきょ》の遊里を設けて以来、五丁町の代表たる名主、また吉原を実質的に監督する吉原会所の者らは、吉原の内なる側の住人にござろう。それとは反対に諸国から買われてくる遊女は外から来た者たち。そして、われら夫婦も吉原に流れつき、助けられた者たち。薄墨太夫とわれら夫婦はある意味ではおなじ境遇と運命を分かち合う者にござる」

「わっしは吉原内の住人ということですかえ」

「まあ、そのようなことかな」

「薄墨太夫が神守様と汀女先生に生まれから育ちまで話されたのは、外から来た者同士の絆ゆえということですね」

「加門家は直参旗本、われらは西国中藩の下士ではあるが、一応武家の出ということも加わってのことかと思う」

「まして神守幹次郎様は先の吉原炎上の折りに猛炎から助け出してくれた恩人ですからね、格別な信頼がございましょうな」

「それがしだけではない。姉様も薄墨太夫のことを実の妹のように思うており、薄墨太夫も姉様を敬《うやも》うておられるように思える。というて番方、勘違いせんでくれ、われらは吉原の理《ことわり》、仕来たり、廓法を踏み外してなにかをなそうなどとは考えてもおらぬ。一線を越えれば、地獄が待ち受けておることはこの会所の始《し》末人《まつにん》がよう承知しておる」

「神守様、わっしらはいつまで経っても内と外の者という立場に変わりございませんので」

「見方を変えれば、番方とそれがしはまたおなじ立場の者じゃ」

仙右衛門はしばらく黙々と歩いていたが、

「わっしら、神守様と汀女先生に重荷を負わせたようですね」

「それがわれらの務めだ」

土橋下に政吉船頭が待つ猪牙舟が見えてきた。

「直参旗本の間宮、加門の両家、さらには童門家がどのような家柄か分かりませんが、旗本御家人を監督するのは目付衆《めつけしゅう》だ。会所も目付につながりがないわけではございません。ですが、こたびのこと、薄墨太夫の出自《しゅつじ》をあからさまにする調べはやめたほうがようございませんかえ」

「番方、それがしも同じ考えにござる。われら、会所のやり方で探索するしか手はあるまい」

「となると、なにか打つ手はありますか」

「それがしも最前からそれを考えておった。角間鶴千代《かくまつるちよ》どのが実の妹のかめどのを探すために金子をかけて走り合いをなした折り、呉服町北新道《ごふくちょうきたしんみち》の読売屋《よみうりや》『世相《せそう》あれこれ』に世話になったな。読売屋なればなんぞ知っておるのではござるまいか」

仙右衛門はしばし沈思したあと、顔を横に振った。

「主の浩次郎《こうじろう》さんは会所と長い付き合いでしてな、互いに信頼はございますよ。だが、読売屋は結局書いてなんぼの商いです。薄墨太夫の出をほじくり出せば書きたくなります。そいつは万が一にも避けねばならないことでございますよ」

「いかにもさようであったな。ついこちらのことばかり考え、相手の立場を忘れておった」

「猪牙を日本橋に着けてもらいましょうか。ちょいと思いついたことがございます」

仙右衛門はそう言うと、階段を下りて入堀土橋に泊めた政吉船頭の猪牙舟に、

「父つぁん、日本橋南際に着けてくんな」

と願った。

仙右衛門が幹次郎を連れていったのは万町《よろずちょう》裏にある口入稼業南天屋《くちいれかぎょうなんてんや》だった。口入屋とは奉公口を斡旋《あっせん》、仲介《ちゅうかい》する業者のことだ。俗にけいあん、入口《いれくち》、口入人《にん》、受人宿《うけにんやど》、肝煎《きもいり》などとも呼ばれた。

なぜ「けいあん」と呼ばれるか。承応《じょうおう》（一六五二〜一六五五）から寛文《かんぶん》（一六六一〜一六七三）年間、江戸木挽町《こびきちょう》の医師大和慶庵《やまとけいあん》が、男女の縁談を取持《とりもち》始めたことから、奉公人の仲介をなす者を、

「けいあん」

と呼ぶようになったそうな。

けいあんも町人相手のものから江戸の人口の半分を占める武士相手のものといろいろあった。

番方は猪牙で移動中に、南天屋は旗本、御家人相手に徒士《かち》、足軽《あしがる》、陸尺《ろくしゃく》、中間《ちゅうげん》、飯炊きなどいわゆる、

「軽き武家奉公人」

を周旋《しゅうせん》することを専門にしていると言った。

さらに仙右衛門は、

「南天屋は株仲間の頭取を務める、わりとしっかりとした『けいあん』にございましてな、元主の等右衛門《とうえもん》は、走り屋侍の河原谷元八郎《かわらたにげんぱちろう》、本名角間鶴千代が日本橋で初めて金子を賭けて走り合いを実行したとき、見物し、その最後の五番勝負、吉原大門外五十間道の勝負にも連日通ってきましたな」

と、そんなことから仙右衛門は思いついたらしい。

さすがに武家奉公人を扱う「けいあん」だ。間口五間（約九・一メートル）ながら奥が京家《きょうや》のように深い造りで、板の間に三つほど帳場机が置かれ、それぞれの客同士の話が聞こえぬように衝立《ついたて》で仕切られていた。それぞれの帳場机には番頭が控えて、客を待っていた。

等右衛門は主の倅が外出でもしているのか、店奥の帳場格子の中に鎮座《ちんざ》していた。

「おや、珍しいやね、吉原から奉公人の周旋を願いに来たかえ」

「ちょいと南天屋のご隠居の顔の広いところでさ、内々《ないない》の相談ごとだ。しばしときを貸してもらえませんかえ」

「見ての通り客はひとりとしてなし。店《たな》座敷に通りなさいな」

等右衛門が立ち上がった。

店座敷は雇う側の武家の用人《ようにん》らを通すところらしく、四畳半の座敷だった。

「等右衛門さんは『けいあん』の株仲間を仕切るひとり、口の堅いお方と考え、願いごとに来た」

「番方、なんだか、裏同心の旦那まで従え、脅しに来られたような気分になったよ。まずは用件を言いなされ。『けいあん』は他人様を仲介する商いだ。ぺらぺらと屋敷の内情なんぞを喋っては忽《たちま》ち信頼を失います。口だけは堅いつもりですよ」

頷いた仙右衛門はそれでも直ぐに用件を切り出さなかった。

「なんですね、うちの店座敷まで通って迷うておられるとは、まさか女郎を斡旋してくれなんて頼みじゃないよね」

「等右衛門のご隠居、餅は餅屋だ。そんな頼みはいくらなんでもしませんよ」

「ならばなんですね」

よし、と仙右衛門が肚《はら》を決めたように自らに気合を入れた。

「全盛を誇る薄墨太夫が武家の出ということは承知ですね」

「それはもう」

「薄墨に関わる話だ。等右衛門さん、こいつは絶対に口外ができない話だ」

「番方、念には及びませんよ。うちは五代も続く口入屋、喋っちゃならないことを話しているのならば、五代なんて続きませんよ」

仙右衛門は薄墨太夫の出自の加門家のことは伏せ、納戸頭の間宮家、旗本御家人かどうかも分からない童門家のことを話し、間宮家の主が外の女に産ませた童門鋭三郎のことを知る手立てはないかと乞《こ》うた。

「童門家ね、珍しい姓ですよ。うちとは関わりがございませんが、調べようと思えばなんとかなる。一日ほど貸してくださいな、番方」

と応じた等右衛門が、

「この童門鋭三郎が薄墨太夫になんぞ悪だくみを考えているんですね」

「そういうことだ、南天屋のご隠居」

「納戸頭の間宮様なれば、関わりがある口入屋を紹介しましょうか」

「ありましたか」

「あります、番方。そうだね、麴町《こうじまち》の同業なれば、あの界隈の屋敷はまず網羅《もうら》していましょう。となれば内情に詳しい奉公人がいるはずだ。うまくいけば今日じゅうに間宮家の内情を洗いざらい話しましょうな」

等右衛門が立ち上がって店に戻り、紙片に所在地と名を記して店座敷に戻ってきた。

「助かった」

「薄墨太夫の危難というから私は商いの仕来たりを破ったんですよ。いいですかえ、この先のことはうちとは一切《いっさい》関わりなし。責めは会所、あんたらふたりが負うことになる」

等右衛門が険しい顔で言った。

三

この日の七つ半（午後五時）、幹次郎と仙右衛門は、四谷御門《よつやごもん》外の甘味屋に女を待っていた。

南天屋の等右衛門が紹介してくれた同業の口入屋は、陸奥屋五郎蔵《むつやごろぞう》といい、四谷御簞笥町《おたんすまち》に間口七間（約十二・七メートル）の堂々とした構えの商いをしていた。ふたりに面会した五郎蔵は、

「珍しいね、南天屋さんがかようなことを頼むとは。よほどおまえさん方、等右衛門さんに信頼されているのかね」

とふたりを交互に見た。

「陸奥屋の旦那、つい最近、江戸を騒がした走り屋侍の話をご存じございませんかえ」

「おお、妹を探そうとなけなしの一両を賭けて走り合いをした侍の話ですか」

「それですよ。あの企てに吉原が乗り、五十間道で五夜連続の走り合いをして目出度くも最後の走り屋として姿を見せたのが、角間鶴千代様の妹のかめ様にございました。あの騒ぎを南天屋の旦那は最初からご承知でしてね。それでわっしらと親しくしてもらうようになったのでございますよ」

「吉原にとって客寄せには違いないが、今どき、別れた妹を探すためにそのような企てをなす侍も侍なら、それに乗った吉原も吉原と思うておりましたよ。そうか、等右衛門さんがね。よし、こたびだけは口入屋の五郎蔵は堅い口を緩めます」

と応じた五郎蔵が、納戸頭間宮武右衛門《ぶえもん》方の女衆として十数年働き、つい先ごろ奉公を辞して娘の家で楽隠居を始めたおみつを四谷御門外の甘味屋に出向かせるから、そこで待てとふたりに指示したのだった。

陸奥屋を出て、すでに一刻《いっとき》（二時間）が過ぎていた。

幹次郎は串団子を、仙右衛門は汁粉を注文して茶を何杯も飲み、ひたすら待った。

「こいつは無駄足でしたかね」

「いや、必ず姿を見せよう」

と幹次郎が応じたが、なんの確信があるわけでもなかった。

夏の日差しが柔らかくなり、女たちで甘味屋が込み始め、店では一刻以上も居座る男ふたりを冷たい眼差しで見るようになった。

ふたりは甘味屋の女衆の眼差しに気がつかないふりをしてさらに四半刻ほど待ったころ、五十を過ぎた女が、

「私の待ち人はいるかえ」

と勢いよく入ってきた。

どうやらおみつは甘味屋の常連らしく、奉公人に命じて外の縁台から小座敷にふたりの席を移させた。改めて注文をし直し、仙右衛門が身分を明かすと、

「人ひとりの命に関わることゆえ、おみつさんの知恵を借りたい」

と願い、頭を下げた。

「人ひとりね。女郎かえ」

「薄墨太夫にございます」

「ほう、加門家のお姫様《ひいさま》のことかい」

「おみつさんは加門麻様を承知ですか」

幹次郎が驚きの様子で問うた。

「わたしゃ、十五のときからこの界隈の屋敷の台所で働いてきた女ですよ。加門家は表御祐筆、禄高は百七十石と少ないが、私が知る屋敷の中でもいちばん身内仲がいいお幸せな一家でしたよ」

と答えたおみつが、

「ところでおまえ様は」

と幹次郎に問い返した。

「それがし、神守幹次郎と申し、女房の汀女ともども薄墨太夫こと加門麻様と親しく付き合いをさせていただく間柄にござる」

幹次郎は自らの吉原会所の役目と、汀女と麻の付き合いを差し障りのあることを省いて正直に話して聞かせた。

「あの麻様なれば吉原でも一廉《ひとかど》の女郎様になられるとは思ったが、今や松の位の太夫だってね。その上、おまえさん方のような夫婦者と親しくしていなさると聞いて、この私もひと安心しましたよ」

おみつが胸を撫でおろし、

「で、用というのはなんですね」

と話を進めた。

「おみつさん、加門麻様の命に関わることなんだ。納戸頭間宮の殿様が外で産ませた童門鋭三郎なる者を探しているんだ」

「えっ、あの悪《あく》たれが麻様になんぞちょっかいを出したかえ」

「鋭三郎は近ごろ、吉原で全盛を誇る薄墨太夫が加門麻様と同じ人物と知ったらしく、この春以来、薄墨太夫をつけ回し、兄間宮慶一郎の恨みを晴らすと嫌がらせを始めたのさ」

「なんて野郎だ」

「昨日のことだ。わっしらが追っていると知って廓内で隠れ家にしていた佐々木道伯って医師を絞め殺して廓の外に逃げたんだ」

「ああ、とうとう人殺しまでやらかしたかえ」

「おみつさん、童門鋭三郎はどのような御仁ですかえ」

「もはやおまえさん方のほうが今の鋭三郎を承知だよ。仲間の医者を絞め殺すくらいはお茶の子さいさいって悪《わる》だよ」

おみつの注文の串団子と茶が小座敷に届けられ、しばし話は中断した。

「麴町十三丁目の南側に西念寺《さいねんじ》って寺があるのをおまえさん方、承知かえ」

おみつの話が再開し、仙右衛門が頷いた。

「間宮家の菩提寺《ぼだいじ》でさ、この寺の井緒《いお》って娘と間宮の殿様がいい仲になって、生まれたのが鋭三郎さ。井緒は寺の一角に小体な家を間宮の殿様に建ててもらい、赤子《あかご》の鋭三郎と住んだ。そして、寺侍《てらざむらい》の童門某《なにがし》と井緒の間に生まれた子にしてさ、大きくなった。間宮の殿様も世間体を憚るに事欠いてひどいことをしたもんよ。鋭三郎が碌《ろく》な餓鬼《がき》に育つものか、十三、四で立派な悪さ」

「おみつどの、加門麻様と間宮慶一郎どのが許婚であったことはたしかじゃな」

「お侍、そんな話を聞いたことがございますよ。ですが、加門と間宮の家が親しかったのは麻様の爺様の代でね、麻様の親御様の時節はそうでもありませんでしたよ」

「なぜ若いふたりの許婚の仲が終わったのでござろうか」

「それはさ、父御《ててご》の季達《としたつ》様が胸の病、母御のおみき様が同じ病気になられて長患いの末、相次いで亡くなられたからさ。あのころ、麻様は十四だったかね、麻様は身を粉《こ》にして両親の看病をなされてね、弟の総一郎《そういちろう》様を喪主《もしゅ》に立てた弔いまで立派に務められました。界隈の奉公人だった私らはその様子に何度涙したか」

幹次郎は麻の若い日の様子を聞かされ、衝撃を受けた。

「麻様のえらいのはさ、ふた親を立派に見送ったことだけじゃないよ。表御祐筆の家を弟に継がせるために自ら吉原に身売りなされて、その金子で親御様の病治療にかかった費えを支払い、総一郎様が直ぐにも表御祐筆を継げるように処々方々に手を回し、ということはそれなりの金子を届けてさ、代替わりが無事に済んだところで、四谷塩町《しおちょう》の屋敷を出られて吉原に自ら入られたんですよ」

幹次郎は麻ならばそれくらいのことはやってのけようと思った。

「ともかく、両家にあれこれ次々に起こったからさ、慶一郎様と麻様は互いを知っていたかどうか。そのうち、ぽっくりと慶一郎様までが流行り病で亡くなっちまった。その折りも間宮家から加門家に知らせがなく、ために麻様も直ぐにはそのことを知らなかったのではないかと思いますね」

「慶一郎どのが亡くなられたことで間宮家に跡継ぎがなくなり、鋭三郎が間宮家に呼び入れられたというのは真のことであろうか」

「あったな、そんなことが。ですがさ、間宮家では鋭三郎の余りの行状《ぎょうじょう》の悪さに魂消てさ、直ぐに西念寺に追い返したんですよ。あれで納戸頭が務まるものですか」

　この界隈の屋敷の奉公人として渡り歩いてきたおみつが言い切った。

「鋭三郎が亡き異母兄に代わって麻様の許婚になったというのはいかがにござろう」

　えっ、そんなことが、と驚きの表情を見せたおみつが、

「もしそんな噂を流した者がいるとしたら、鋭三郎自らでしょうね、あれこれと悪だくみを考える輩ですから。でも、行状の悪さに寺に追い返されて、すべて元《もと》の木阿弥《もくあみ》ですよ」

「今ひとつ、お尋ねしたい。鋭三郎は麻様が吉原に自ら身を投じたことをその当時から知っておったかどうか」

「この界隈で麻様の勇気ある決心は、密かに噂が流れましたから知っていたでしょ。ですが、麻様がどのようなお姫様《ひいさま》か鋭三郎は知らなかったんじゃありませんか。麻様が吉原に身を投じた前後から何年も江戸を離れていたって話ですからね」

「つまり最近になって江戸に戻ってきて、松の位の薄墨太夫が間宮家と関わりが

あった加門麻様と同じ人物だと気づいたということか」

仙右衛門がもう一度念を押した。

「あいつはね、幼いころから飼猫だって遊びで殺すような餓鬼でさ、その上、銭にも汚い。もし麻様が吉原売り出しの遊女と知っていたら、そのころに吉原に現われてつきまとっていますって」

おみつが言い切った。

「いかにもさようでしょうな、おみつさん」

ああ、と答えたおみつが串団子に手を伸ばした。そして、自問するように呟いた。

「あいつ、本気で麻様を殺すつもりかね」

「なにかを企てておると申されるか」

「お侍、そいつを調べるのはおまえさん方だ。ただささ、薄墨太夫こと麻様を殺すとなると、おまえさん方も黙っちゃいまい。あいつもこれで終わりだよね」

「おみつさん、なにか胸の中に疑念があるから、本気で麻様を殺すつもりかね、という言葉がおまえさんから出た気がしてさ、神守様も問い返されたんだ」

「あいつ、あいつは今もって前髪立ちじゃないかえ」

「いかにもさようだ」

と幹次郎が答え、仙右衛門が、

「おみつさん、あいつはまさか衆道《しゅどう》の気《け》があるのではありますまいね」

「俗にいう両刀《りょうとう》使い、女も男もいいって噂を聞いたことがあるよ」

「おみつさんは、薄墨太夫を殺さずに利用して銭を搾り取るのではないかと考えられたか」

おみつが頷き、

「違うかね」

「番方、おみつさん、童門鋭三郎は加門麻様の見返した目にどのような意が込められているか気づいておる。鋭三郎が利用できる女子ではないことを察しておると思う」

「となると、やはり殺すつもりか」

「麻様にあの者が手をかけるようなことは決して許さぬ」

おみつが幹次郎の返答に込められた感情に気づき、幹次郎を見た。

「それがそれがしの務めにござる」

「務めだから命を張るって言いなさるか」

幹次郎はなにも答えなかった。

おみつは串団子をひとつ口にしてもぐもぐと食べていたが不意に動きを止め、幹次郎を見直した。

「分かった、おまえさんだね。先の吉原の大火事の折り、炎の中から薄墨太夫を助け出したのは」

幹次郎は小さく頷いた。

「麻様は吉原なりに幸せに暮らしておられるようだね」

「太夫職には太夫職としての苦労や悩みはあろう。じゃが、麻様は吉原の務めに生き甲斐《がい》を見出しておられると思う。どのようなところであれそうじゃが、まして遊里の第一等、御免色里に集まった遊女三千の頂点ともなれば、そこに立つのは容易なことではござらぬ」

「吉原が遊里の筆頭ということは女の私にも分かるさ。だけど、蹴転《けころ》だって吉原の太夫だってやることはいっしょだろうが、だから遊里のことを苦界《くがい》というんだろうが。お侍、どうしてそう言い切れるね」

「薄墨様の馴染《ひか》の客はどなたも一流の人士《じんし》にござる。その方々の中には大金を積んで薄墨を落籍したいというお方もあると聞いておる。じゃが、薄墨様は、吉原の務めを大事にして首を縦には振られぬそうな」

「麻様にとって吉原は苦界じゃなかったのかね」

おみつが首を捻った。

仙右衛門が話柄を転じた。

「鋭三郎はふたたび吉原に戻ってくる。その折り、必ずや薄墨太夫を襲うと考えておまえさんの知恵を借りに来たんだ。どこに行ったら鋭三郎と会えそうかね。そんな心当たりはないかえ」

おみつは残りの団子を食べながら考えた。

「あいつの弱みは博奕だね。この界隈の賭場《とば》を探すんだね」

「あいつが出入りしそうな賭場に心当たりはないかえ」

仙右衛門は懐から財布を出し、一両を二枚出すとおみつの膳の上に載せた。

ごくりとおみつが喉を鳴らし、

「四谷御箪笥町に土地《ところ》のやくざの錣《しころ》の宣造《せんぞう》の賭場が了学寺《りょうがくじ》裏の上村次郎左衛門《かみむらじろうざえもん》って御家人の屋敷を借り受けて開かれ、毎晩丁半《ちょうはん》賭博をやっているそうだ。鋭三郎がいるかどうかは知らないが、あいつがこの界隈に舞い戻っているのならば、なんぞ話が聞けるかもしれないよ」

と言った。

鉦の宣造の賭場は、たしかに御家人上村邸で毎夜開かれていた。しばらく様子をみていると通用口をこつこつと叩き、屋敷奉公の中間や職人らしい者たちが敷地の中へと入っていった。

番方の仙右衛門が、

「ここはわっしひとりで覗いてみましょう」

と侍姿の幹次郎を外で待たせて通用口から身を入れた。

四半刻もしたか、仙右衛門が姿を見せた。

「神守様、了学寺の境内に」

と小声で呟き、さほど広くもない寺の境内に連れ込んだ。

「あいつはおりませんが、仲間がおりました。あれこれと小出しにあいつの話をしましたから、わっしのあとを追ってきますよ。神守様はちょいと闇に紛れていてくださいまし」

仙右衛門に頷き返した幹次郎は鐘撞《かねつき》堂の背後の闇に身を潜めた。

幹次郎が身を隠して間もなく、ばたばたと足音が響いて、三人の中間が姿を見せた。

常夜灯の灯りに紺地の紋付《もんつき》法被を着て、鍔《つば》、縁頭《ふちがしら》、胴金《どうがね》、鐺《こじり》に胴を嵌《は》め、一見刀に似せた木刀を腰や背中に差し込んでいた。

この界隈の屋敷奉公の中間だろう。

「いやがったぜ」

とひとりが言い、

「よう、おめえ、何者だえ」

と仙右衛門に歩み寄りながら尋ねた。

「吉原会所の者でさあ」

番方は裏返しにして着ていた長半纏《ながばんてん》の襟を返して三人に見せた。

「童門鋭三郎様に会いたいと抜かしたな」

「へえ、その仲介を願えませんか。小便《しょうべん》博奕の遊び代くらい払いますぜ」

「小便博奕と抜かしたか」

「いくら出す」

「おめえさん方が本当に童門鋭三郎を承知ならばそれなりのものをね。この一日二日のうちに会いましたかえ」

「てめえが銭を出すのが先だ」

仙右衛門が財布を懐から出して見せた。

「財布ごと頂戴しようか」

「そいつもこいつも最前の問いに答えてからにしましょうかえ」

「吉原から舞い戻った兄《あに》いと会ったよな、今朝方よ」

と三人のうちの若い中間が言った。

「せいの字、べらべら喋るんじゃねえ」

と頭分《かしらぶん》が叱咤した。

「それで今はどこにいますな」

「財布を寄越しねえな、話はそれからだ」

「いや、話が先だ」

仙右衛門は掌《てのひら》に載せた財布を揺らしてぽんぽんと宙に浮かせた。

「鋭三郎様の行き先を容易《たやす》く言えるものか」

「ということは近ごろ会ったこともないんだな」

仙右衛門が相手を焦《じ》らすように言った。

「せいの字が言ったように童門鋭三郎様と会ったさ」

「どのような形をしていたな」

頭分はしばし沈黙した。

仙右衛門もなにも言わない。ただ、掌の上の財布を虚空に投げていた。

「町医者の恰好だったよな。鋭三郎様、どうしてあんな形をしていたんだろうか」

とせいの字が沈黙に耐え切れなくなったか、喋った。

「分かった」

と仙右衛門が答え、財布から一朱を出すと三人の足元に放り投げた。

三人はこれ以上のことは知らないし、会所のふたりが鋭三郎を探しに来たということが当の鋭三郎に伝われば、もう、

「用事」

は済んだ、と番方は判断したからだ。

「ふざけやがって、財布ごと寄越せ。寄越さないと殴り殺すぞ」

三人が木刀を抜いて、仙右衛門に迫った。

「そなたらの相手はそれがしでな」

幹次郎が鐘撞堂の陰から身を出し、無銘の長剣を峰《みね》に返した。

四

夏の盛りがやってきた。今夏いちばんの、江戸を焼き尽くすような暑さだった。

世間では大川に船で乗り出し夕涼みをしたり、滝野川《たきのがわ》まで足を延ばして水に打たれ、

「滝修行」

と称して涼《りょう》を取った。

だが、吉原の遊女衆にそのような勝手は許されない。病の治療で御寮に行く以外は大門の外に出られなかった。廓内で商いをなすことが官許の条件のひとつであったからだ。しかし、江戸幕府開闢から百九十年近くが過ぎると、その触れも緩み、楼の信頼厚い客に誘われれば、夕涼みに出ることがお目こぼしされるようになっていた。

吉原から連れ出した遊女を船に乗せて、大川を上り下りし、遊女を持て成す「夕涼み」を男の粋と心得て楼主に願い出る客が後を絶たなかったとか。

楼側も、五月五日の端午の節句の仕着せ日を過ぎると揚げ代が倍となる紋日と

てなく、夕涼みに抱えの遊女が誘われるのをよしとした。

だが、遊女三千といわれる吉原でも夕涼みに大川に出かけられるのはごく一部の売れっ子だけだった。大半は狭い吉原の中で団扇《うちわ》を片手に夕風が吹く刻限を耐えて待った。

そんな頃合、吉原会所では大門の出入りを殊更厳重にした。だが、いささかふだんとは事情が違った。ふだんは廓内から逃げ出す女を警戒するだけだが、こたびは吉原会所の、

「眼」

は外から入ってくる童門鋭三郎に向けられていた。

むろん加門麻に妄想を抱く童門鋭三郎の魔の手を避けるために大門で阻止しようというのだ。

この監視には面番所も協力したので、なにも事情を知らない客や素見は、

「なんだい、この警固はよ。まさか公方様《くぼうさま》が吉原に来たんじゃねえよな」

「おれも長年生きているが将軍様が遊里に来たなんて話聞いたことないぜ。だってよ、将軍様は大奥に何百人もの美姫を集めておられるんだろ、それが揚げ代なしときた。わざわざ吉原に来ることはねえよ」

などと言い合いながら、一人ひとり顔を改める警戒を受けたあと、遊里に踏み入れて、ほっと安堵の息を吐いた。

三浦屋では、薄墨に謂《いわ》れもなく降りかかった難儀《なんぎ》ゆえ、主の四郎左衛門は馴染の夕涼みへの誘いも吟味に吟味を重ね、三人の上客にかぎり許しを与えた。それは他の朋輩との釣り合いも考えての処置であった。

それでも三度にわたる夕涼みに遊里の外に出かける薄墨の警固には、吉原会所も気を遣わざるを得ない。

神守幹次郎が三浦屋の男衆に形を替えて従い、もうひとり、格別に番頭新造に扮《ふん》した女が薄墨の傍らにぴたりと従っていた。

この日、薄墨を夕涼みに誘い出したのは札差伊勢亀半右衛門で、神守幹次郎とも知り合いの仲だ。半右衛門は薄墨を連れ出した以上に幹次郎が同道する夕涼みを喜んだ。

屋根船が山谷堀から隅田川に出たとき、半右衛門は薄墨の傍らに寄り添う番頭新造に目を向け、

「ふだん見かけない番新ですな。薄墨の番新にこんな女がいましたかね」

と首を捻った。

「伊勢亀の旦那、わちきより関心がありんすか」

「薄墨、大門の外に出たんだ、ありんす言葉はよしにしよう。そのほうが涼も増す」

と半右衛門が言い、

「薄墨と番新、まるで姉妹のように似ておりますな」

と感心する半右衛門に薄墨が、
ふっふっふふ
と嬉しそうに含み笑いした。

「伊勢亀の旦那、私も遊女の厚化粧をした汀女先生を見たときは、びっくりしました」

「なにっ、この番新、神守様の女房の汀女先生ですか、うーん」

と遊びに慣れた伊勢亀半右衛門が汀女を見つめて呻いたほどだ。

それほど薄墨と汀女の顔かたち、姿、雰囲気は似ていた。

ただいつもの汀女と違い、遊女の形に仕立てられた汀女は、どう身を処してよいのか分からぬ様子で黙り込んだままだった。

「そうでしたな、薄墨には新たに厄介ごとが降りかかっているそうだな」

「伊勢亀の旦那どの、相すまぬことにござる」

男衆に化けた幹次郎が小声で詫びた。

「今宵の夕涼みは揚げ代なしでよいだなんて、引手茶屋の女将が耳打ちするものだから奇妙なことだとは思うておりました。薄墨の命を狙う愚か者がいると聞いたが、真でしたか」

幹次郎が頷き、

「まさかのための用心にござる。どうか伊勢亀の旦那どの、夕涼みを楽しんでくだされ」

と願った。

「伊勢亀の旦那、汀女先生の遊女ぶり、いかがにございますか」

と薄墨が伊勢亀半右衛門に訊いた。

「神守様の前で言い難《にく》いが、汀女先生が遊女に身を投じられたならば、薄墨と一、二を争う花魁になることだけはたしかですな」

「汀女先生、姉妹で売り出しましょうか。そればかりは神守幹次郎様がお許しになりますまいな」

「ご勘弁くださりまし。姿かたちがいくら似ていようと薄墨太夫にはなれませぬ。

太夫の全盛は世間の女郎衆がなさる百倍もの才と気遣い、努力の上に得られたもの、一夜城を造るようにできた太夫ではございませぬ。常々から薄墨太夫に教えられることばかりです」

汀女がいつもより低い声で言ったものだ。

伊勢亀半右衛門の視線が幹次郎にいった。

「神守様、遊女姿の女房を見て、改めて惚れ直したのではございませんか」

「伊勢亀の旦那どの、正直、この番頭新造が姉様かと最前から疑っておりましたが、声を聞けば、たしかにわが女房。どこをどう見ればよいのか皆目《かいもく》見当もつかず落ち着きませぬ」

と幹次郎は答えながらも、夕涼みの船に近づいてくる猪牙舟をしっかりと目の端で捉《とら》えていた。だが、それは隅田川の右岸から深川に向かう舟で、童門鋭三郎が乗っている様子はなかった。

伊勢亀半右衛門は、

「薄墨の難儀が招いたかような夕涼みとは申せ、美形ふたりを従え伊勢亀は果報者です」

とこの趣向を喜んで、

「ただひとつ残念なことは神守様夫婦と同じ船に乗り合わせながら、酒が酌み交わせぬことです」

と悔しがった。

「伊勢亀の旦那、騒ぎが鎮《しず》まった折り、薄墨がそのような席を設けます。誘いの文を出しますゆえお断わりしないでくださいまし」

「薄墨、そんな誘いを断わる愚か者がおりますか、万難《ばんなん》を排して吉原に出向きます。その折りは汀女先生もいっしょにな」

と願う伊勢亀に汀女が、

「遊女の形だけはご勘弁願えますか。なんだか自分が自分でないような」

「汀女先生、遊女の形は嫌いですか」

「薄墨太夫、嫌いと問われればそうとも言い切れませせぬ。ただ、病みつきにならぬかと恐れてありんす」

「姉様」

と汀女の思いがけない廓言葉に悲鳴を上げた幹次郎に、夕涼みの船の一同が笑いの渦に巻き込まれた。

日はとっぷりと暮れ、薄墨の夕涼みの外出も、なにごともなく済もうとしていた。

童門鋭三郎が夕涼み船を襲う様子もなく、また大門を潜った形跡もなかった。

そこで会所では四郎兵衛と仙右衛門、幹次郎らが話し合い、いつもの大門警備に戻した。

幹次郎は朝稽古に下谷山崎町の津島傳兵衛道場に通うことを再開した。すると、津島傳兵衛より道場稽古を禁じられ、町内の清掃を命じられた重田勝也も師の許しが出たとみえ稽古に復帰していた。

幹次郎はその勝也と稽古をした。するとこたびの傳兵衛のお叱りを真剣に受け止めたとみえ、勝也は道場では無駄口を利かず、叩かれても打たれても必死に幹次郎に食らいついてくる積極さにいささか驚かされた。

稽古が終わったあと、

「重田勝也どの、心身に一本芯が通りましたな。道場の外で独り稽古を続けられたか」

と褒めた。

「慣れれば町内の清掃は二刻《ふたとき》（四時間）もあれば済みます。そのあと、長老寺の境内をお借りして木刀の素振りから学び直そうと努めました」

「その成果がしっかりと出ておる。師匠のお叱りを無駄になされなかったな」

と幹次郎に言われた言葉を勝也が素直に受け、師の津島傳兵衛も満足げにふたりのやり取りを聞いていた。

夏の暑さの盛り、疲れが出たか吉原会所の面々もどことなく気怠い動きで、小頭の長吉などは、

「村崎の旦那、なんか疲れに効く薬を知らないかえ」

と会所から面番所の前に所在なさげに立つ村崎同心に呼びかけた。

「長吉、それがしは医者ではないわ。滋養強壮《じようきようそう》に効く薬があればわしも欲しい。どうだ、番方の女房に命じて柴田相庵の診療所から朝鮮人参《ちようせんにんじん》をくすねてくるというのは」

「朝鮮人参ね、効きますかね。それにしてもくすねるなんぞはいけませんや。でえいち、お芳さんが許すわけもない。村崎の旦那、なんとか銭を都合してくださいな」

「うちは病人を女房と母親のふたりも抱えておる。そんな余裕があるものか」

大門を挟んでのだらけた問答が素見の客の耳にも届いたか、

「会所も面番所もたるんでやがるぜ」

という苦笑いが大門を潜っていった。

そんな日々がゆっくりと過ぎていき、とある日の朝方、揚屋町の中見世糸井楼《いといろう》に呼ばれたという室町《むろまち》の医者金田両詮《かねだりようせん》の乗物が大門を潜った。

官許の吉原には五箇条の触れが幕府より庄司甚右衛門に命じられていた。その五箇条は別にして、次の一条が大門外の高札に張り出されてあった。

一　医師之外《ほか》何者によらず乗物一切無用たるべし
附　槍、長刀《なぎなた》門内へ堅く停止《ちようじ》たるべき者也

乗物での出入りを禁止した触れには、槍や長刀を廓内に持ち込むことについても付言《ふげん》されていた。

乗物での廓内立ち入りを許されたのは医師だけである。

面番所の村崎同心が引き戸から覗いた白髭の金田両詮医師をちらりと見て、

「お通りなされ」

と許しを与えた。

会所前では長吉が金田両詮の乗物が仲之町から揚屋町へと曲がるのを見ていた。それから四半刻後、三浦屋の薄墨が禿と番頭新造を連れて、天女池の野地蔵参りに出た。

その直後、乗物が揚屋町と浄念河岸の境の木戸前にいつまでも放置されているという通告があった。

番方の仙右衛門がまず乗物の主を糸井楼に問い合わせに、若い衆の金次を走らせた。その上で幹次郎を探したが、その姿はいつの間にか消えていた。

「神守様がどこにおられるか知らないか」

と番方が若い衆に尋ねたが、

「そういえば最前から神守様の姿が見えませんね」

若い衆のひとりが答えたところに金次が血相《けつそう》を変えて飛び込んできた。

「番方、糸井楼じゃ医者なんて呼んでないそうですぜ」

「なにっ!」

と驚きの声を上げた仙右衛門が、

「てめえら、三浦屋に走り、薄墨太夫の身辺を守れ。おれも直ぐに行く」

と命じた。

若い衆が飛び出していき、奥から騒ぎを聞きつけた四郎兵衛が出てきて、仙右衛門を見た。

「頭取、最前大門を潜った金田両詮は偽医者のようですよ」

「どうやらそのようだね」

四郎兵衛は落ち着いていた。

「童門鋭三郎が廓に入り込んだということじゃございませんかえ」

「まず間違いなかろう」

「この大事なときに薄墨太夫の信頼厚い神守幹次郎様の姿が見えないんでございますよ」

「番方、神守様がただ今ここにおられたら大騒ぎでしょうな」

えっ、と漏らした仙右衛門は乗物が大門を潜ったときから神守幹次郎は独りで行動を開始していたかとようやく気づかされた。

薄墨太夫は野地蔵に黄色の菊《きく》を供え、番頭新造が水を新たに替えた。禿に番頭新造が両手を合わせるように命じ、薄墨と番頭新造も姿勢を改めて瞑目し、両手を合わせた。

吉原がいちばんのんびりとした刻限だった。

夏空の下、蜻蛉《とんぼ》が天女池の水面すれすれに群れをなして飛んでいた。

薄墨と番頭新造がほぼ同時に手を解いた。すると天女池の縁に慈姑《くわい》頭の老医師が刀を提げて立っているのが見え、その背後に陸尺がふたり控えていた。

番頭新造が薄墨の前に、
ぱあっ
と立ち、身を挺《てい》して防ぐ構えを見せた。

「この春以来、薄墨に付きまとうお方でありんすか」

「加門麻、恥を知れ」

「とは、どういう意でありんすか」

「直参旗本表御祐筆の加門家の娘が吉原で身を売る生業《なりわい》か」

「いかにもわちきは身を売る商い女にございます。どこぞの卑怯者《ひきょうもの》とは大いに違います」

「加門麻はそれがしの許嫁であった」

「いえ、それは間違いにありんす。おまえ様の異母兄、間宮慶一郎様とは祖父同士が約定し合った許婚ゆえそう申されても致し方ないことでありんす。ですが、おまえ様とはなんの関わりもなきこと、目障《めざわ》りでありんす」

「そうかえそうかえ。ならばおまえを叩き斬り、表御祐筆の加門家の当主の姉が吉原の売女《ばいた》であることを世間に知らせてやろう」

「こんどは脅しにありんすか」

医師姿の童門鋭三郎が乗物に積んできた刀を抜いた。

すると番頭新造が帯の背に隠していた懐剣《かいけん》を抜いて構えた。

「てめえはだれだえ」

「神守汀女」

「なにっ、裏同心の女房か、面白い。ふたりして地獄に送ってやろう」

と言い放った鋭三郎が間合を詰めようとした。

そのとき、老桜の木の陰からそろりと姿を見せた者がいた。

「童門鋭三郎、そなたの相手はこの神守幹次郎じゃ」

「神守様」

「幹どの」

とふたりの女が叫んだ。

幹次郎はふたりに会釈すると、するすると童門鋭三郎とふたりの女の間に割り込み、

「童門鋭三郎、剣の心得があるやなしや」

と問うた。

殺げた頬に嗤《わら》いを浮かべた鋭三郎が、

「江戸を留守にした六年余り、修羅場を潜ってきた殺人剣よ。おめえも会所の雇われ犬、血に塗れた野良犬同士が決着をつけるのも一興かのう」

と言うと、片手に提げていた剣を抜いて右下段に置いた。

剣術の王道の中段《ちゅうだん》でもなく、さらには上段《じょうだん》に威圧して構えるでもない下段の構え。修羅場の中で会得した殺人剣であろう。

鋭三郎が下段に取ったことで、幹次郎は眼志流居合術《いあいじゅつ》を封じられたと思った。幹次郎の技が一瞬先に決まっても下段から斬り上げられた刃が幹次郎の足元を襲うことになる。

幹次郎は無銘の長剣を抜くと上段に構えた。

鋭三郎と幹次郎、剣の切っ先間、半間《ま》（約〇・九メートル）で睨み合った。

眼と眼で互いが相手の動きを探り合った。

先に動いたのは幹次郎だ。
すいっ
と腰が沈み、一瞬、鋭三郎の下段の刃を誘った。
鋭三郎が下段から斬り上げを行おうとした直前、幹次郎が曲げた膝を伸ばし、その反動を利して垂直に飛び上がっていた。そして、一瞬遅れて鋭三郎の刃が幹次郎の飛躍した空間を裂いた。
幹次郎の飛躍は素早く、想像を超えて高かった。そして、虚空に停止し、下降に移った。
上段に突き上げられた幹次郎の剣が雪崩《なだ》れを打って斬り下げられ、鋭三郎の斬り上げが幹次郎の膝下を襲った。だが、幹次郎の両の膝下は折り曲げられており、鋭三郎の切っ先が無益にも虚空を斜めに走った。
次の瞬間、
どすん
という重い打撃が鋭三郎の脳天を斬り割ると、その場に押し潰した。
幹次郎は天女池の縁に降り立ち女三人がひと塊に寄り添う前に行くと、その視界を塞いだ。

鋭三郎の断末魔の姿を見せないためだ。

「わあっ！」

童門鋭三郎を乗せてきた陸尺が驚愕《きょうがく》の声を上げ、その場から逃げ出した様子があった。

「てめえら、廓内から逃げられるとでも思ってやがるか。じたばたしねえで、神妙にしやがれ。ならば会所も慈悲《じひ》がねえわけじゃねえ」

との番方の啖呵《たんか》を背に聞いた幹次郎は、

「加門家に迷惑はかかりますまい」

と薄墨こと加門麻に言うと、

「姉様、薄墨太夫を伴って三浦屋に戻ろうか」

と汀女に願った。

その優しい声音がこたびの騒ぎの終焉《しゅうえん》を告げた。

第五章　居合勝負

一

薄墨太夫をつけ狙った童門鋭三郎の死の真相はすべて闇に葬られた。

薄墨太夫と実家の加門家の関わりが改めて表に出れば、薄墨の実弟が主の表御祐筆の役目に差し障りが出かねない。そこで江戸無宿の童門鋭三郎が薄墨太夫に惚れて、妄想を抱き、その結果、薄墨を殺傷しようとして神守幹次郎に返り討ちにあったという筋書きで会所は、隠密廻りが詰める面番所を納得させたのだ。むろんその背後には三浦屋がそれなりの金子を吉原の監督役所である町奉行所の要所要所に配ったこともあり、

「過剰な妄想を抱いた客の所業」

ということで始末された。

この朝、香取神道流津島傳兵衛道場に出向いた幹次郎は津島傳兵衛から乞われて、傳兵衛と稽古をなした。

幹次郎は見所から初めて見る武家ふたりが見物していることと、傳兵衛が稽古相手に幹次郎を指名したこととに関わりがあるような気がした。武家はそれなりの大名家の重臣と思えた。

立ち合いは木刀で行われた。

その場にいた門弟一同も壁際に下がり、師と幹次郎の立ち合いに目を凝らした。

両者は間合一間にて相正眼《あいせいがん》で構え合った。

その瞬間、津島道場に流れる空気がぴーんと張りつめたものに変わった。

香取神道流の津島傳兵衛は、江都《こうと》で五指、いや三本の指に入る剣術の実力者と目《もく》されていた。

それだけに構えは重厚で一分《いちぶ》の隙《すき》もない。それでいて威圧感は感じられず春《しゅん》風駘蕩《ぷうたいとう》の構えを見せていた。

幹次郎が津島道場に通い始めて三年余が過ぎたが、かような構えに接するのは初めてであった。

幹次郎はこの硬軟両方を兼ね備えた傳兵衛の構えに対し、得意の薩摩示現流でもなく、また眼志流居合術でもなく、この津島傳兵衛道場で学んだ香取神道流の構えと技で応対することにした。

当然、格からいって幹次郎が打ち込み役を務めることになる。

静かに呼吸を整えた幹次郎は、すすすっ、と間合を詰めて、傳兵衛の面を強《きよう》襲《しゆう》した。

魂の籠った一撃で見物の門弟が胆《きも》を冷やしたほど強烈だった。

だが、傳兵衛は幹次郎の動きを見て踏み込み、面打ちの強襲に木刀を合わせて弾いた。

その攻守が立ち合いのきっかけになり、互いが火を噴くような攻めと守りを見せ、ときに攻守が交代して、粘りつくような力強い打ち合いが四半刻にわたって続いた。見物の衆が息を吐く暇もないほどなんとも緊迫した打ち込みだった。そして、一連の攻守が出尽くしたとき、

すいっ

と幹次郎が木刀を引くと、

「ご指導有難うございました」

と一礼した。

阿吽の呼吸で下がった傳兵衛が、

「年寄りに花を持たせられたか」

と笑って言った。

「津島先生、冗談ではございませぬ。それがしの背中を冷汗がたらたらと流れており申す」

「正直言うて、そなたと真剣勝負にて勝ちを得る自信はない。そなたの剣さばきは自在ゆえそれがしの香取神道流では摑み切れぬところがある」

「本日の傳兵衛先生は言動がいつもと違われるように思えます」

「そうかのう」

「それがし、江戸に出て、津島先生と知り合い、ようやく剣術がなんたるか垣間見えたと悟りましたが、それが全くの錯覚であったことを本日教えられました。ともあれ津島先生との出会いがなければそれがしの剣、ただの修羅場剣法に過ぎなかったことはたしかにござる。闇をさ迷うて、独りよがりに終始していたでしょう」

「そなたほど修羅場を潜り抜けながら、血腥さも荒っぽさも感じさせぬ剣者は知ぬ。人と接し、刃を交えて斬る。その行いはだれしもいっしょ、じゃが志、使命を持って大義のために刃を振るうのと、ただ我欲のために剣を使うのとでは雲《うん》泥《でい》の差が生じる。そのことをそなたの剣は教えておる。津島傳兵衛、今朝はよい稽古をさせてもろうた」

と言い残した傳兵衛が、お待たせ申しましたと、見所のふたりの武家に言うと道場から姿を消した。

幹次郎が汗を拭うと重田勝也が来て、

「先生との手合わせ、ご苦労に存じます」

とおべんちゃらを言った。

「久しぶりに冷汗の出る稽古をつけてもろうた。道場には数多高弟がおられるが、まさかそれがしが引き出されるとは考えもしなかった」

「神守どの、われらでは傳兵衛先生と四半刻もの対等な打ち合いができるものか。本日、神守どのが稽古に来られて、われら、恥を掻かずに済んだ」

師範の花村栄三郎がふたりの話に割り込んだ。

津島道場の門弟はだれもが己の気持ちに素直だった。

「師範、それがしが指名されたには理由がございましょうか」

「さあてのう」

とだれもいなくなった見所に視線をやった花村が、

「あのご両人、筑後柳川藩《ちくごやながわはん》の立花《たちばな》家の重臣でな。先生に剣術指南を前々から願うておられた方々だ。今朝もそのことでお見えになったのだと思う」

「津島先生はこれまでお断わりをしてこられたのですか」

「それがし、大名家の剣術指南の任に非《あら》ず、町道場の主が相応と断わってこられた。そう思うておられるのは傳兵衛先生だけでな。われら、先生は大名家どころか、公儀の剣術指南とて務められると思うておる」

「むろんです」

幹次郎が花村師範の言葉に応じた。

「なんだ、そんな話があったのか。となると神守様は頑張り過ぎでしたよ。打ち合いの途中で傳兵衛先生の一撃を受けて床に転がり、参りましたくらいなぜ言われなかったんですか」

勝也が詰《なじ》るように幹次郎に言った。

「勝也どの、そのような小技を繰り出す余裕がそれがしにあると思われてか。また見所におられたおふたりもわざとらしい立ち合いは直ぐに見抜かれたでしょう」

「そうかな、神守様が頑張り過ぎたせいで、先生の筑後柳川藩の剣術指南の口は消えたな。残念なことよ。だって、ご新造《しんぞ》は家計のやりくりに苦労なされておられるもの。柳川藩の剣術指南になれば仕度金《したくきん》がもらえましょう、すると津島家の内証が一時ですが潤《うるお》います」

「勝也、おまえはなにも分かっておらぬ。神守どのが申される通り、先生が柳川藩の剣術指南をするお気持ちにさえなれば、直ぐにも引き受けられることだ。神守様のせいなど論外だ」

「そうかな、私は神守様の頑張りが裏目に出たと思うな」

「勝也どのは先生が大名家の剣術指南に就かれることを望んでおられるか」

「そりゃそうですよ。いくら津島道場が江戸で何本かの指に数えられるといっても一介の町道場だもの、大名家の剣術指南となれば、私ども門弟も鼻が高《たこ》うございます」

「花村師範の申される通り、このことは津島先生のお気持ち次第にございますよ」

「そうかな」

勝也が最後にまた恨めしげな眼で幹次郎を見た。

稽古が再開して一刻半（三時間）後、朝稽古が終わりかけた頃合、ふたたび津島傳兵衛が道場に姿を見せて、幹次郎を目顔で呼んだ。

「最前、稽古の相手をしてもろうて助かった」

「いえ、それがしこそ貴重な体験にございました」

ふたりのところになんとなく稽古を終えた門弟が集まってきた。それらの門弟の顔を見た傳兵衛が、

「勝也、うちの内証を案じてくれて相すまぬな」

とだれに聞いたか、珍しく冗談を飛ばした。

「いえ、私はなにもそのようなことは」

「思うたこともないか」

「いえ、ちらりとは」

傳兵衛が勝也の正直な答えに笑い出した。そして、よい機会ゆえ話しておく、と自ら切り出した。

「それがし、来月より三日に一度、筑後柳川藩江戸藩邸に剣術指導に参ることが決まった」

おおっ！

という静かなどよめきが門弟衆から起こった。

「むろんそれがしの剣術の修行の本体はこの道場だ。今まで以上に厳しい稽古をなす。覚悟しておけ、勝也」

「はっ、はい」

傳兵衛の視線が幹次郎に戻った。

「主にタイ捨《しゃ》流を流儀にする柳川藩は武術も盛んな土地柄じゃそうな。本日のそなたとの打ち合いを見て、あの両者、驚かれておった。なあに、それがしの剣術ではない。神守幹次郎どのの剣技にじゃよ」

「神守様は頑張り過ぎたものな」

「勝也、それがしと神守どのが稽古をして手を抜くと思うてか」

「そうではございませんが、神守様も今少し事情を弁《わきま》えられればよかったかと思いまして」

「戯《たわ》けが」

と応じた傳兵衛は決して機嫌が悪くはなかった。

幹次郎は爽快な気持ちだった。そのせいか津島道場の帰りに久しぶりに浅草寺門前の広小路から雷御門へと足を向け、奥山、浅草田圃を抜けて吉原に向かおうと考えて広小路から浅草寺へと曲がった。

そのとき、小者《こもの》を従えた南町奉行所定町廻り同心の桑平市松と顔が合った。桑平同心がにっこりと笑って幹次郎に会釈した。

「これでようやくツキが回ってきたようだ」

「おや、桑平どのは不運につきまとわれておりましたか」

「いかにもさよう。例の質商小川屋八兵衛一家、奉公人の七人殺しの探索の目処が立たんでな。お奉行からも上役の内与力からも尻を叩かれておるといえば聞こえはいいが、最近では無能呼ばわり、毎日のように罵倒《ばとう》されたり叱咤されたり、いささか気分が滅入《めい》っておった」

「それがしと出会うとよいことがございましょうかな」

ふたりが立ち話をするのに桑平の小者たちは話が聞こえぬ程度に間を空けて離れ、それでいて旦那の桑平の動きを注視していた。よく躾《しつ》けられた小者で桑平同心を敬っていることがその目つきで分かった。

「例のふたり組、その後、江戸府内で動きを見せませぬか」

「そなたが会《お》うて以来、ぴたりと動きを止め、冬の鯉の如《ごと》く池の底に眠っておる」

「関八州を追われて江戸に逃げ込んだふたり組でしたな」

「いかにもさよう。といって格別に江戸に知り合いがおるとは思えぬのだ」

と応じた桑平同心が小川屋の方角の路地を見た。

「小川屋をふたりが狙ったのはたまさかのことにございますか」

そのことよ、と桑平同心が幹次郎を見た。

「われらも手引きする者があってのことかと、殺された奉公人三人の身許をとことん調べたが、ひとりの手代は相模《さがみ》の小田原《おだわら》外れの生まれ、もうひとりの女衆は江戸外れの広尾村《ひろおむら》の出でな、人殺しとはどこにも接点がない。といって無事であった通いの番頭などとも関わりがあるとは思えぬ」

「されど桑平どのはふたり組が小川屋に目星《めぼし》をつけて忍び込んだと考えておられるのですね」

「小川屋には犬が二匹飼われておった。房州《ぼうしゅう》で猪《いのしし》狩りなぞに使われる犬の血筋でな、二匹ともに体つきも大きく夜中に忍び込んできたふたりを見逃すはずもない。常なれば激しく吠えて家の者に異変を知らせたはずと番頭は言うのだ。だが、二匹の犬はあの夜、静かだった。鶏の生肉に痺れ薬をまぶしたものを塀外から投げ込んで二匹を黙らせ、浅間の稲吉が塀を乗り越え、静かになった犬の喉を匕首《あいくち》で掻き斬って殺し、その後、通用口を開けて百瀬を呼び入れたとわれらは推量しておる」

推量と言うたがたしかな証しがあってのことかと、幹次郎は思った。

「なんと犬二匹を殺す手はずを整えて小川屋に乗り込んだのですか」

「小川屋内に手引きする者がいなくても、万端《ばんたん》の下調べをして乗り込んだことはたしか」

「たとえば客として小川屋を訪れたことがござるとか」

「むろんその線も調べた。通いの番頭に尋ねたが、百瀬十三郎も浅間の稲吉らしい男も客として来たことはないと断言するのだ」

「だれからか話を聞き出さねば、犬を手際よく殺してまで忍び込めませぬな」

そこよ、と相槌《あいづち》を打った桑平同心が、

「そなた、津島道場の稽古帰りか」

と訊いてきた。

「いかにもさようです。これより朝湯に参り、吉原会所に出勤します」

「われらが小川屋の一件を解決できずもたもたしている間に、吉原会所では、いや、そなたは薄墨太夫にまとわりついた寺侍の息子を叩き斬って薄墨の実家に難儀が及ばぬように始末したそうじゃな」

さすがに南町奉行所の定町廻り同心だ。薄墨の意を含んだ始末まですでに承知していた。

「それが務めにございますれば」

「潔《いさぎよ》い手際とそれがし、感心しておる」

桑平の口調には茶化した様子は全く感じられない。

路地の奥へと視線を向けた幹次郎に、

「小川屋の屋内を見てくれぬか。なんでもよい、感ずることあらば教えてくれ」

と桑平同心が言った。

町方同心がこのように心を許して願うのも珍しい。

「それがし、吉原会所にお情けで拾われた者ですぞ。探索の才などいささかもございません」

「さすがに会所の七代目の目は鋭い。夫婦してなかなかの人物と察したから、剣術使いの亭主は会所の裏同心として雇い、女房は遊女に読み書きから香道まで教えながら、つい女郎が漏らした不平不満の一言一句からその心模様を読み取る役目を果たしておられる」

たしかに神守夫婦にはかような役目が負わされていた。だが、そのことが公にされたことはない。幹次郎の役目はどうしても表に知られてしまうが、汀女のそれは内々極秘のことだ。

桑平同心はすでに夫婦の役目を察していた。

「姉様は玉藻様の手伝いにございましてな」

「いや、吉原は女郎が楼にとってよからぬことを考えておらぬかと調べるために汀女先生を上手に使《つこ》うておられる」

桑平同心はこの数年かかって作り上げられた吉原会所と神守夫婦の秘密を見抜いていた。

「われら夫婦が生きていくには吉原という大きな傘の下に入るしか道はなかったのでござるよ」

「そこがまたおぬしらの賢いところよ」

「桑平どの、いささか褒め過ぎにございます。なんぞ魂胆がございますので」

「言葉以上のことはない。迷うたときは最初の場に立ち戻る、と思うて戻った先でそなたに会うた。ゆえに小川屋をいっしょに見てくれぬかと願うておる」

「なんの役にも立ちますまいが、桑平どのにお付き合いを致しましょうか」

七人殺しの小川屋は未だ南町奉行所の管理下にあったが、通いなどで奇禍《きか》を免《まぬが》れた番頭らふたりの奉公人が、

「質商廃業」

の通知を認めていた。質草などの跡始末をつけるためだ。

入ってきた桑平を見て、

「なんぞ目処が立ちましたか、桑平様」

と番頭の高蔵《たかぞう》が同心に訊き、伴った幹次郎を不思議そうな目で見た。

「なんとも痛ましいことであったな」

「あっ、おまえ様は吉原会所の裏同心の旦那だ。先日、番方の仙右衛門さんがお線香を上げに来てくれましたよ」

「番方も若いころ、こちらに世話になったそうじゃな」

「昔の話にございますよ」

と応じた高蔵の視線がふたたび桑平同心にいった。

「相すまぬ。あいつらの行方を未だ絞り切れておらぬのだ」

桑平は正直に探索が行き詰まっていることを告げた。

「それでな、たまさか近くで会うた神守どのの知恵を借りることにして同行してもらった。奥に通るぞ」

「もはや小川屋はだれのものでもございませんよ、奉行所のお指図の下にあるのです。ご勝手にご覧ください。私どもなど厠《かわや》も使いたくございませんで、お隣の厠を使わせてもろうています」

高蔵が言い、ふたりは三和土《たたき》廊下に回り込んでまず台所に通った。

小川屋の内儀に倅ひとりに娘ふたり、さらに住込み手代と女衆は、なんとも手際よくそれぞれの寝間で殺されていたそうな。ただひとり、主の八兵衛は内蔵《うちぐら》の中でその骸が見つかっていた。それがふたり組のなした七人殺しの実態だった。

二

桑平市松は、台所の土間に立つと幹次郎に説明した。

「ふたり組はまず台所の勝手口の戸を外しておる。むろん内側から錠もかかり、心張棒もかわれておった。だが、浅間の稲吉、一時大工奉公をしたことがあったとか。道具を用意して、外からこれらを外したと思える形跡が残っておった。なにしろ小川屋は築造して七十余年の家作で、火事が名物の江戸にあって運よく焼け残り、それゆえになかなかの古家でどこもがたが来ておった。ために三月《みつき》前に町内の大工が傷んだ箇所を修理したくらいだ。戸を外すのは、大工の心得のあった稲吉にはそう難しいことではなかったようだ」

桑平は小者に無言でなにごとか命じた。

幹次郎はふたり組が侵入した台所の土間から板の間を見渡した。

竈《かまど》に火が入らぬようになり、急に小川屋は寂《さび》れていこうとしていた。そして、今も惨劇の痕跡《こんせき》、湿った血の臭いが残っていた。

桑平配下の小者の庸三《ようぞう》が手際よく行灯に灯りを点《つ》けると、拭き取られた血の跡が染みになって浮かび上がった。

「百瀬十三郎と浅間の稲吉は、まず二手に分かれて奉公人の男女をひとりずつ殺したと推測される。それぞれ傷口が違い、剣を所持した百瀬は手代を殺したと思われる」

とふたりの奉公人の寝間、台所の上にある中二階と階下の板の間の脇の三畳間を幹次郎に指した。

桑平同心を真似て、幹次郎も草履を履いたまま板の間に上がった。

桑平は庸三が点した行灯のひとつを手にすると、台所から中庭伝いに鉤《かぎ》の手に延びる廊下に案内し、主を除く一家四人が惨殺された寝間を幹次郎に見せ、最後に内蔵へと案内した。

どこでも自らに言い聞かせるように丁寧に、これまで調べて分かったことを幹次郎に説明してくれた。そして、最後に言い足した。

「八兵衛は咄嗟に押し込みの非情さに感づいておったのだろう。蔵の鍵を開ければ殺されることを承知していた。ゆえに必死で抵抗した。ために錠を破られたあとで八兵衛の負うた傷がだれよりも多く無残《むざん》であった」

「結局、鍵を開けさせられ殺された」

「ということだ」

内蔵の前に敷かれた石の上には黒ずんだ血の跡がはっきりと残されていた。

「抵抗し、殺された八兵衛にしてもまさか身内、奉公人が皆殺しになるとは想像もしていなかったと思える」

「ということは、身内四人が殺されたのは八兵衛当人が始末されたあとということですか」

「いかにもさよう。奉公人ふたりを殺した百瀬十三郎と浅間の稲吉は二手に分かれ、八兵衛を除く四人を寝所の一間に集め、それを稲吉が見張っておったとわれらは推測しておる。八兵衛は先妻を亡くし、後添《のちぞ》いをもらったで、倅は九つ娘は七つと五つ、まだ幼い。抵抗するどころか、ただ母親と恐怖に震えていたに相違ない」

桑平同心の言葉に幹次郎は頷いた。

「内蔵を開かせた百瀬は八兵衛の背中から心臓《しんのぞう》を貫き通して殺し、その足で寝所に戻ると、稲吉といっしょになって残りの身内四人を始末した。冷酷非情としか言いようのない所業じゃ」

幹次郎はその凶行を終えたふたりと、あの朝出会っていたのだ。だが、まさかこれほどの非情を働いたふたり組とは、夢想もしなかった。

「あやつらが七人殺しで得た金子は質草を入れて、およそ四百両でしたな。なかなかの大金でございますな」

「いかにも大金じゃ」

「ですが、代々の質商にしてはいささか少ないように思えます」

「さすがは裏同心どのかな。よう商いを承知だ」

と応じた桑平市松は幹次郎を内蔵の中に入れ、

「一部床板が新しかろう。三月前に修繕《しゅうぜん》をなした折りに根太《ねだ》が傷んでおったものを取り替え、床板も張り替えたらしい」

と言いながら、新しい床板の何枚かを壁際にずらし、次々に外していった。すると大谷石《おおやいし》で造られた隠し蔵の鉄扉《てっぴ》が姿を見せた。一尺五寸（約四十五センチ）四方の鉄扉には錠がかかっていた。

「中に小川屋の財産千三百余両が入っておった。ふたり組はそのことを八兵衛から聞き出せなかったのだ。八兵衛のせめてもの意地であったろう」

「今も千三百余両が入っておるのですか」

「いや、なにかあってもいかぬで、奉行所が預かっておる。いずれ騒動が解決したのち、小川屋の縁戚に引き渡されることになろう」

「このような隠し蔵があることを奉公人は全員承知しておったのでしょうか」

「いや、番頭だけだ。知らされておったのはな」

「それから、修繕に立ち会うた大工も承知ですな」

「修繕したのは町内の新五郎《しんごろう》って老大工でな、長年の出入りで内蔵の修繕にはこの新五郎しか関わらなかったらしい。むろん新五郎も調べたが、小川屋殺しの夜は講中《こうじゆう》いっしょに大山詣《おおやまもう》でに行って留守だったそうだ。それがしが新五郎に会うたが、ただ驚いて言葉を失い、狼狽するばかりでふたり組となんらかの関わりがあったとは思えないのだ」

桑平同心が床板をふたたび嵌め込んで隠し蔵を闇に戻した。

幹次郎はその間、内蔵前に出ると中庭を囲む寝間などを眺めていった。

小川屋は代々の質商、それなりの身代《しんだい》を持ち、家もそれなりに大きかった。その家の中を関八州が縄張りだった百瀬十三郎と浅間の稲吉は迷いなく動き回り、手際よく務めを果たしていた。

(初めて押し込んだ家でそのような無駄のない動きができるものか)

幹次郎は考えながら中庭伝いの廊下を歩いた。

床、敷居、壁などところどころに修繕の跡が見えた。

「神守どの、なんぞ思いついたことはないか」

幹次郎の背で桑平市松の声がした。その声音にはなんのこだわりも虚勢《きよせい》も感じられなかった。その声は小川屋の騒動を早期に解決し、平穏な江戸が戻ることを願っていた。

「小川屋に出入りの大工の新五郎には弟子が何人もいるのでござろうか」

「いや、弟子はおらぬ。死んだ親父の代には内弟子もいたが、当代の新五郎になってからは独りでできる程度の修繕などが主な仕事でな。家一軒を造るような仕事の依頼はないのだ」

「小川屋の内蔵の修繕の際にも独りで来たと言いましたね」

「内蔵の修理以外は、何日かは仲間に手伝ってもらったそうな。台所と店の傷んだところを主に直させたそうだ」

「その者たちに会われましたか」

「いや、新五郎がだれも信頼の置ける職人と言うので、それがし自身は会わず、手下に会いに行かせた。だが、格別に怪しげなところはなかったと知らせを受けておる。やはりそれがしが会うべきであったかのう」

桑平同心の返答に悔いが見られた。不意に自信を失くした口調だった。

「助っ人を頼まれた大工でも何日か普請場で働けば、小川屋の隠し蔵は知らずとも普請図を覗いて小川屋の間取りくらい分かりましょうな」

「奥に入らずとも修繕のために図面は見ておろうからな、その気になればこの家の間取りは承知していような」

と桑平同心が頷き、しばらく沈思し、

「間取りは承知していても隠し蔵まではふたり組は知らなかった」

と呟いた。

このことは事件の核心を突いた発言だが、幹次郎も聞き逃した。

「浅間の稲吉が無宿者になる前、大工を志した時期があると申されましたな。新五郎が小川屋の助っ人を頼んだ中に稲吉の昔の大工仲間がいたとしたら、どうなりましょうか」

幹次郎の思いつきをしばらく吟味していた桑平市松が、

「神守どのに会うてツキが回ってきたというのは真やもしれぬ。これより新五郎に会い、助っ人に頼んだ大工全員にそれがしが改めて話を聞く」

「素人の思いつきゆえ、無駄になるやもしれませんぞ」

「そなたもわれら同様に無駄な積み重ねの上に解決という光が見える役目を負わされておるのではないか。吉原に飼い殺しにされた隠密廻り同心など、探索者の嗅覚《きゅうかく》を忘れておる」

と桑平市松定町廻り同心が言い切った。

雷御門前で南町奉行所定町廻り同心桑平市松と別れた幹次郎は門前仲町《もんぜんなかちょう》の人

込みを抜けて、浅草寺の本堂前に立った。すると見慣れた撫で肩の背をそこに見つけた。

「姉様」

合掌していた汀女が振り返った。

「これから出勤か」

「本日は吉原に玉藻様を訪ねて、七助親方とおいねさんの祝言の最後の打ち合わせをして参りましたで、いつもより遅くなりました。私も最前からなんとなく幹どのに会えるような気がしておりました」

「なんとも奇妙な日じゃな。珍しいことが重なるものだ」

「なにがございました」

汀女が本堂前の階段を下りながら幹次郎に訊いた。

昼前のことだ。参詣人の姿はそう多くなかった。

幹次郎は本堂の階《きざはし》下、庇《ひさし》の陰に立ち止まり、すっくと聳《そび》える五重塔を眺め上げた。しばらく夏空に視線を預けていた幹次郎は、津島傳兵衛が筑後柳川藩の江戸屋敷の剣術指南の役に就く手伝いをなしたこと、さらには雷御門前で桑平同心に会い、七人殺しのあった小川屋に入り、凶行の現場を見せられたことなどを手短に告げた。

「津島先生は無欲の人のようでございますが、立花家と関わりができたのをきっかけに出世をなされそうな予感がします」

「津島先生はそのようなことは望んでいまい」

「先生はそうでも世間が許しますまい」

「まあ、出世するという姉様のよき推測にあえて反対を唱えることもないか」

「小川屋様のことは一日も早い解決がつけば宜しゅうございますね。まさか幹どのがこれ以上関わることもございませんな」

汀女が釘を刺した。

「それがしはいささか探索に迷うておられる桑平どのの気分を変えるために話し相手になっただけだ。南町には桑平様をはじめ、数多の人材がおられる」

「いかにもさようでした」

と汀女はどことなくほっとした表情を見せた。

「七助親方とおいねさんの祝言は三日後であったかな」

「いかにもさようです。料理茶屋山口巴屋を借り切っての、百数十人の盛大な祝言になりました。私も無事終わるよう、浅草寺のご本尊様《ほんぞんさま》にお願いをしたところです」

「なに、百人を超える招客か」

「大半は七助親方の仕事仲間にございます。親方の一番上の娘のおきんさん、おぎんさん、末娘のおくまさんの三姉妹が張り切っておられて、かような人数になったようです。いささかおいねさんが呆気《あっけ》に取られておられるのが、おかしゅうございますよ」

おいねは元々三浦屋の抱えの遊女であり、人柄のよい振袖新造だった。吉原に売られたくらいだ。おいねの側に招客はそう多くあるまいと幹次郎は余計なことを案じた。

「幹どの、おいねさんの身内はだれひとり参られません。遠国《おんごく》の上に、おいねさんが身売りした折りになにか親戚と諍《いさか》いもあったようです」

「ということは、われらだけか」

汀女が首肯した。

「大半が七助親方の親戚、仕事仲間ですが、おいねさん側にも三浦屋の旦那夫婦から会所の四郎兵衛様、それに番方、幹どの、なにより薄墨様がおられます。数では負けておりましょうが、なかなか見物《みもの》の祝言になりそうです」

「姉様、おいねさんと七助親方の三人の娘御とはうまくいきそうか」

「おいねさんは人柄が宜しいだけではございません、賢い女衆です。長女のおきんさんと歳はそう変わりませんが、やはり吉原で苦労した歳月がおいねさんを大人の女に育てております。義理の娘三人とすでに打ち解けておられます。一昨日《おととい》三人姉妹を連れておいねさんが山口巴屋を見に参られましたが、まるで四姉妹のようになんとも自然で、おいねさんはすでに母親の顔をしておられましたよ。そして、おきんさん、おぎんさんも、おっ母《か》さんとなんの衒《てら》いもなく呼んで、これなればうまくいくと思いました」

「すべて七助親方の心が大きいゆえであろうな、倅どのも娘御も大らかに育っておられる。それを聞いて安心した」

幹次郎は、桑平同心、汀女と次々に会い、朝湯に浸かる暇がなくなった。そこでその足で吉原会所に出ることにした。

幹次郎が大門に辿りついたとき、すでに九つ（正午）の刻限だった。

「おや、遅い出勤じゃな」

面番所の村崎季光同心が無精髭の顎を片手で撫でながら声をかけてきた。

「今朝はあれこれとございまして、道場から直に吉原に参りました。いささか汗臭いところはお許しくだされ」

「そなたが汗臭いなどはどうでもいいが、あれこれとあったというところが気にかかる。そのような折り、そなたはなんぞ画策《かくさく》しておるでな。吉原のことはこの隠密廻り同心村崎季光にすべて報告するのじゃぞ」

「それはもう」

「なにがあった」

「雷御門前で村崎どのの同僚、桑平どのにばったりと会い、小川屋の中を見せられました」

「なにっ、桑平と会ったか。あやつ、それがしのこと、なんぞ言うておらなかったか」

「村崎どののことは一切触れられませんでした。というのも桑平どのの頭は七人殺しで一杯ですからな。なんぞございますので」

「あやつ、あれこれと面番所務めの隠密廻りについて貶《けな》しておるそうな。それにしても、吉原会所の用心棒のそなたに七人殺しの場を見せてどうしようというのだ」

「なかなか例のふたり組が姿を見せぬそうで、探索に迷うておられる様子でした」

「桑平もまだ世間を知らぬ上に詰めが甘いでな。無宿者らの行状がどんなものか知らぬのだ。四百両もの大金を掴んだふたり組だ。あの日、そなたと会うたあと、さっさと六郷《ろくごう》を渡り、箱根《はこね》の向こうに逃げて、今ごろは三島《みしま》女郎なんぞといちゃついておるわ」

「で、ございましょうか」

「なに、そなたも定町廻りと同じく江戸に潜んでおると申すか」

「なんとのうですが、そう思えるのです」

「そなたもまだ甘いのう。剣術修行もよいが探索は頭でするものじゃぞ」

と顎を撫でていた手で自分の頭を村崎が指した。


吉原会所には久しぶりに長閑な時が流れていた。ちょうど昼餉《ひるげ》の刻限で会所の台所に膳を並べて長吉らが蕎麦《そば》を啜《すす》っていた。

「小頭、遅くなった」

台所の土間から挨拶した幹次郎は、四郎兵衛が身を置く坪庭のある奥座敷に向かった。すると奥座敷でも四郎兵衛と仙右衛門が見習いの若い衆を給仕《きゅうじ》に蕎麦を手繰《たぐ》っていた。

「神守様、夜明けから剣術の稽古では蕎麦では持ちませんな。玉藻に言うて、神守様にはなんぞ力のつくものを誂《あつら》えさせます」

四郎兵衛が箸を休めて見習いの若い衆にその旨を命じた。

「朝餉を食しておらぬのは、こちらの都合にございます」

「雷御門で桑平様に会われたようですな」

「えっ、面番所前の話がこちらまで聞こえましたか」

「いえ、うちの若い衆が桑平様と神守様が立ち話をしておるのを見ておったのですよ」

「それは気づかなかった。小川屋一家七人殺しの探索に行き詰まっておられるようで、それがしにまで現場を見せられ、なんぞ思いついたことはないかと問われました」

「南町の桑平市松様は定町廻りでも優秀な同心です。だれよりも体を動かし、足で探索をなさるお方、知恵を授けなさったでしょうな」

「七代目、相手は本職ですぞ。そのような勇気はございません」

「いえ、桑平様は神守様と会うてなにか手立てを得られたはず。きっと遠からずふたり組は捕まります」

四郎兵衛が言い切り、

「あっ、そうそう、竹松さんが見えて、左吉さんの言づけを残していかれましたよ」

と仙右衛門が話題を変えた。

「左吉さんの言づけですか、なんでございましょうな」

「いえ、例の童門鋭三郎について調べると請け合いながら、拠《よんどころ》無《な》い義理のある方から身代わりを頼まれ、急に牢屋敷にしゃがむことになったそうです。役に立たずにすまないとの伝言です」

「左吉さんは、それで丁重に使いをくれましたか。軽々に左吉さんの知恵を借りるのはようございませんな」

「それにしてもこの季節、牢屋敷はまだ暑うございましょうな。こたびの務めが終わったらしばらく骨休みを取るそうです」

「それはよかった」

幹次郎は左吉の気遣いに感謝するとともに、早く身代わりの役が終わることを願った。

「竹松さんは大人になりましたな。使いを済まされたら、さっさと会所を引き揚げ、仲之町の奥を見向きもしませんでしたぞ」

仙右衛門が笑みの顔で幹次郎に言った。

数月前、竹松はこの五丁町で積年の夢を果たしたのであった。

「ただ今は一人前の料理人になることに必死のようです」

「竹松さんを大人にしてくれた萩野はおいねと名を変え、七助親方の嫁になり、小僧の竹松が消えて、見習いながら料理人竹松が誕生した。これほど男と女が一夜で運を得た話もございませんよ。それもこれも神守幹次郎様のお陰だ」

四郎兵衛が言うところに隣の山口巴屋の女衆が幹次郎の膳を、

「お待ちどおさま」

と運んできた。

三

翌日の昼下がり、桑平市松からの使いが幹次郎に宛てた書状を持って吉原会所に姿を見せた。使いは桑平付きの小者だ。顔に見覚えがあった、庸三だ。

「返書《へんしょ》がいると桑平どのは申されたか」

「いえ、書状を読んで返書を書くも書かぬも神守様次第と、旦那は申されました」

「お待ちあれ」

と吉原会所の上がり框に庸三を座らせ、土間に続く板の間で幹次郎は桑平同心からの走り書きと思える書状を広げた。

《吉原裏同心殿の勘が的中致し候。

浅草並木町に小川屋の修繕を請け負いし大工新五郎を訪ねしところ、手伝いを頼んだのは三人の職人と判明致し候。むろんこのことは以前からわれら、承知のことに御座候が、此度《こたび》初めてそれがしが直に面談し候。

ひとり目の万造《まんぞう》は別の親方の下で働きおりしが、あれこれと尋問致し候えども、新五郎との関わりも浅く、また江戸の出自にて下野の出の浅間の稲吉とは無縁とそれがし、判断致し候。

ふたり目の大工清次《せいじ》もまた相模国の出にて稲吉と関わりがあるとも思えず、小川屋に助っ人に行きし折りのこともはきはきと答え候。

さて、三人目の大工武吉《ぶきち》は、浅草田原町の米問屋越後屋《えちごや》の裏長屋に住まいしが、その家作を訪ねしところ、長屋の住人はこの数日、武吉の姿を見ておらぬとのこと、越後屋の番頭立ち会いにてこれより長屋を調べるところに候。四畳半の独り住まいにしては、きちんと片づいた様子にて候。ともあれ当人の出が野州とも判明し行方知れずと併《あわ》せ、いささか怪しげなる人物かと思料《しりょう》致し候。

神守殿の推察通りに稲吉につながる人物かどうか、これより長屋じゅうを詳しく調べ直す所存に候。

桑平市松

神守幹次郎殿》

とあった。どうやら桑平は書状を武吉の長屋で書いて庸三に持たせたと推測された。

幹次郎はしばし書状を手に思案した。その様子を仙右衛門が見て、

「桑平様からお呼び出しですか」

「いや、そうではない。番方、読んでみられよ」

桑平の書状を仙右衛門に回した。手早く書状を読んだ仙右衛門が、

「桑平様は、神守様のお出でを待っておられるようだ」

と言った。

「それがしがなんの役に立つとも思えぬが」

「大工の武吉に辿りついたのも神守様の考えがあったればこそ、わっしは桑平様の気持ちをそう読みましたがね。だいいちこの七人殺しのふたり組のただひとりの目撃者が神守様だ、わっしは神守様が大きな鍵を握るとみました」

仙右衛門の言葉に桑平同心の小者に視線を向けた。すると庸三も、

(お願い申します)

と無言ながら表情がそう訴えていた。

「相分かった。浅草田原町にまだ桑平どのはおられるな」

「必ず」

と庸三が短く返答をして、案内するように上がり框から立ち上がった。

浅草田原町の米問屋越後屋の家作の一軒、棟割長屋に大勢の人が出入りしていた。そして、なんとも知れない異様な臭いが長屋じゅうに漂っていた。

「武吉が戻ってきましたかね」

桑平同心の小者、庸三が呟いた。

「いや、そうではあるまい」

長屋の住人が落ち着かなくも右往左往している間を掻き分けて、幹次郎は武吉の長屋の戸口に立った。すると奥の四畳半の畳が上げられ、床板が外され、人足たちがなにかを運び出そうとしていた。だれもが口と鼻を手拭いで覆っていた。

その作業を桑平市松が見下ろしていたが、気配を感じたか不意に顔を上げ、戸口の幹次郎を見た。

「神守どのの勘が当たった」

と手拭いを口から外した桑平が言った。

「武吉は殺されておりましたか」

「ご明察《めいさつ》、吉原会所の裏同心どのの噂はこれまでも聞いておりましたが恐るべしじゃな」

桑平が手招きし、幹次郎は草履のまま九尺《くしやく》二間《にけん》の板の間に上がった。

その間に床下から夜具に包《くる》まれた骸が一体上げられた。

この長屋の住人武吉だろう。すでに腐敗が始まり、蠅《はえ》が骸のまわりをぶんぶん飛び回っていた。異臭の因《もと》だった。

「殺されたのは昨日か一昨日ですかな」

幹次郎に床下を覗くように桑平が言った。

床下に置かれた提灯の灯りで床下が覗けた。なんと床下に三畳ほどの広さの穴が掘り下げられ、床板が敷かれ、四周《まわり》は板壁でふたりは十分に寝られるほどの空間が覗けた。武吉の骸はそこの夜具の上で見つかったとか。四畳半下の隠し部屋は、血塗《ちまみ》れだった。

「あやつらふたり組、この床下で暮らしていたとみえる。長屋の住人に問うとな、武吉はいささか変わり者の大工で口が重いそうな。ために決まった師も持たず、臨時の半端《はんぱ》仕事ばかりで過ごしていたようだ。それがこのところ急に稼ぎがよくなったか、酒や食べ物をこの界隈の酒屋や食いもの屋から届けさせて、その場で支払いをしていたというのだ。三人前の酒と食べ物だ、当然金主《きんしゅ》は例のふたり組と思える」

桑平市松は懐から別の手拭いを出し、広げた。すると香袋があって、血の臭いと腐敗臭の間から香が漂った。だが、夏場の死体の腐敗臭には香も役に立たなかった。

「武吉と稲吉は同郷《どうきょう》でしたか」

「そこまでは調べが進んでおらぬ。大家に届けた書付《かきつけ》によると下野真岡《しもつけもおか》の在《ざい》とある。一方、浅間の稲吉は益子《ましこ》近くの浅間《あさま》という里の生まれと代官所からの手配書にある。それがしの覚えているかぎりでは同じ下野領内、真岡と益子はそう離れてもおるまい。せいぜい二、三里（約八〜十二キロ）、同じ大工ならば知り合いであっても不思議はない」

「その知り合いの大工仲間をなぜ殺さねばならなかったのでしょうか。ふたり組にとって大事な隠れ家を提供する命綱《いのちづな》であったのでござろう」

「それはなんとなく推測がつく」

と桑平が幹次郎を見た。

「つい先日、読売が小川屋殺しについてふたり組が捕まっておらぬことをあれこれと書き立てたな。その読売にだれが漏らしたか、そなたの名が目撃者としてあり、吉原会所の裏同心はなかなかの凄腕《すごうで》、必ずや神守幹次郎裏同心が奉行所を助《す》けて、ふたり組を暴き出すと書かれてあった」

「それがし、そのようなことには関わっておりませぬが」

「そなたがなんぞ画策したというのではない。漏らした筋は大方吉原に飼い殺しにされておる隠密廻り同心辺りであろう。だが、この読売が意外な効果をもたらしたとは思わぬか。ほとぼりが冷めるのをじいっと床下で耐えていたふたり組の存在がいささか怖くなっていた武吉がふたりを追い出そうとしたか、匿い賃の値上げを要求したか。またこのところ、武吉に長屋の住人が夜中にがさごそしているようだが、仲間を呼んで小博奕でもしてんじゃないか、と文句を言ったそうだ。かようなことが重なって、武吉がふたり組になにか注文をつけ、反対に殺された」

「となると、ふたり組は江戸を急ぎ離れましたかな」

「うーむ、そこだ。南町奉行所でもこの一件を受けて、そのような意見が出てこような。奴らはそれを待っておると見ておる」

「つまり未だ江戸に潜伏しておると」

「奴らが江戸に流れついた理由は在所で食い詰めたからであろう。江戸という大都の片隅にじいっと潜み、警戒が解けるのを待って行動しようとしておると思える。わずかじゃが、百瀬十三郎と浅間の稲吉がこの長屋に残したものがある。たとえば小川屋から盗んできた質草の櫛笄の類《たぐい》の包み紙に退屈紛れに残した落書きなどだ。殺された武吉は几帳面《きちょうめん》な男とみえて、買い求めた品の値などを記しておった。そいつをこれから精査《せいさ》してみる」

「なにか分かるとよいのですがな」

「それがしにはそなたという福の神がついておるのだ。必ずや解決の糸口が残されておると信じておる」

ふたりが問答する間に武吉の骸が運び出され、武吉の持ち物が一か所にまとめられて奉行所に運ばれていった。

「それがしはただ今のところなんの役にも立っておりませぬ」

「いや、そうでもない。あやつらに吉原会所の裏同心どのが虎視《こし》眈々《たんたん》と狙いをつけておることを意識させる。さすればあやつらもじいっとしておられずに、新しく潜んだ場所から顔を出す」

「それがしの名にそれほど霊験《れいげん》があるとも思えませんがな」

「ある、あるように仕向ければよい。いささか迷惑かもしれぬがそなたの名を借り受ける」

「ふたり組が一日も早く捕縛できるなれば、それがしの名など勝手にお使いくだされ」

幹次郎は用事が済んだと武吉の長屋の板の間から狭い土間に下りた。その辺りにも強い腐敗臭が漂っていた。

「神守どの」

とまだ長屋に残る様子の桑平市松定町廻り同心が幹次郎を呼んだ。

「百瀬十三郎と浅間の稲吉が凶悪なことは、小川屋の七人殺しでも分かる。稲吉は大工上がりのやくざ殺法じゃが、百瀬十三郎は鹿島流《かしまりゅう》の流れを汲む一刀流の免許持ちにして、居合術に長《た》けた遣い手じゃそうな、気をつけられよ」

「それがしの前にふたり組が現われるとは思えぬが」

「一度あることは二度起こっても不思議はない。この広い江戸でふたり組の面を承知なのはそなただけじゃ」

「それがしの前にあやつらが姿を見せるよう、なんぞ仕掛けをなさるわけですね」

「その策がうまく当たればよいがな、となれば南町は苦労せずにあやつらふたりをお縄にできそうじゃ」

「そのようなうまい策がございますかな。いえ、桑平市松どのの凄腕を努々疑っておるわけではございませんがな」

桑平に応じた幹次郎が浅草田原町の裏長屋の木戸口に向かうと、住人たちが手拭いで口と鼻を覆い、家作の持ち主の米問屋越後屋の番頭らしき者と、なにごとか交渉していた。

夏場、床下の隠し部屋を武吉は独りでどうやって掘り下げ、三畳の隠し部屋まで造ったか。ふたり組は江戸に流れつく前に武吉に隠れ家を願っておったのか、などと頭に描いた。


四半刻後、幹次郎は浅草並木町の湯屋の湯船に浸かり、全身に染みついた武吉の骸の腐敗臭を洗い流していた。

帰りに料理茶屋山口巴屋に立ち寄ると汀女が、

「おや、幹どの、どうなされました」

と問うた。そこで事情を告げると汀女に睨まれた幹次郎は浄《きよ》めの塩を体に掛けられ、着替えはあとで届けるゆえ町内の湯屋にて臭いを消しなされ、と追い立てられるように湯屋に行かされたのだ。

幹次郎は昼下がりの湯に独り浸かり、ただ頭を空《から》っぽにしようと考えていた。

五体を伸ばし、湯船を独り占めしていると、柘榴口《ざくろぐち》から突然足田甚吉《あしだじんきち》の顔が覗き、

「幹やん、姉様から新しい下帯と浴衣、着替え一式を頼まれて持ってきたぞ。会

所の仕事の他に南町の御用にまで首を突っ込んで、この夏場に腐った骸の臭いをうちに持ち込んだってか。迷惑極まりなしだね」

と言うと顔がいったん引っ込んだ。

「甚吉、助かった」

「姉様に足を向けて寝られぬな。臭いのついた衣服は持ち帰《けえ》るぞ、すべて洗濯じゃそうな」

ふたたび顔を見せた足田甚吉は、すっかり料理茶屋山口巴屋の男衆になり切っていた。

幹次郎は汀女の素早い手配に感謝しながら、長湯を楽しみ、全身から汗を流して武吉の骸の残像と臭いを忘れることにした。

湯屋を出た幹次郎は浴衣の着流しに大小を落とし差しにして料理茶屋に戻り、汀女に会った。

「姉様、お陰でさっぱり致した。有難くも腐臭が鼻から消えた。されど客商売のこちらにこれ以上迷惑をかけてもいかぬ。それがし、早々に会所に戻る」

「それがようございます。幹どのが山口巴屋に次に来るのは、七助親方とおいねさんの祝言でです」

いかにも、と返事をした幹次郎は浴衣姿に大小という慣れぬ形で浅草寺境内を抜け、浅草田圃に照りつける日差しを菅笠で避けながら、なんとか五十間道に辿りついた。

吉原はちょうど昼見世の最中で、面番所の村崎同心が相変わらずの無精髭の顎を手で撫でながら所在なさげに昼見世の客を見ていた。そして、幹次郎の姿を好奇の目で見た。

「おや、最前とは形が替わっておるな、さすがに吉原の裏同心どの、どこぞに妾宅《しょうたく》を構えておられるとみゆる」

「冗談はやめてくだされ」

と応じた幹次郎が事情を告げた。

「なにっ、うちの桑平に呼び出され、腐敗した骸に接したか。それで女房どのに助けを求め、湯屋に行かされ着替えまでなしたというか。なかなかできた女房じゃな」

「今ごろ、気づかれましたか。妾を囲う才覚はございません」

「ふーん、そなたも暇に飽かして定町廻りの御用にまで首を突っ込むことはあるまいに」

「それがし、そなた様の朋輩に呼び出されたのです」

「あいつ、すっぽんのような気性じゃからな。一度嚙みつくと雷が鳴っても離さぬ男よ。そなた、骸の臭いを嗅がされたくらいでは許してもらえぬな。とことん、あいつからしゃぶられるぞ、気をつけよ」

と村崎同心は意地悪な笑みを浮かべた顔で面番所に入っていった。

四郎兵衛と仙右衛門に質商小川屋一家と奉公人の七人殺しの新たな展開を知らせると、

「そりゃ、えらい目に遭いましたな。並木町の湯屋になど行かず、料理茶屋の湯殿を使えばよいものを」

「姉様の許しが出るものですか。鼻を摘《つま》んだ姉様に追い払われました」

「この一件、最後まで神守様に祟《たた》りそうだ」

「じょ、冗談を言うてくださるな、番方」

「いや、桑平市松同心は、うちの村崎季光同心とは違い、なかなか執念のある定町廻り同心ですからな。最後まで神守様の力を借りる気でいますよ」

仙右衛門が村崎と同じことを言った。

「とはいえ、それがしはこの吉原にて御用を務める身、もはや関わりは生じますまい」

「さあてどうでしょう」

と応じた番方が、

「どうです、神守様の浴衣姿を五丁町の遊女に披露しに参りませんか」

「浴衣姿で大小の落とし差し、いつもとは気分が違います。楼の主どのらから神守幹次郎は客と勘違いしておるのではないかと苦情が来ませんかな」

と案じながら幹次郎は仙右衛門と、廓内の見廻りに出た。

「おや、会所のお侍、今日は形が変わってますね」

とか、

「神守様、なんぞ客に変装しての見廻りですか」

とあちらこちらの楼の男衆が冷やかしの声をかけてきた。

「夏場のことだ。会所もあれこれと趣向を凝らしているんだよ」

仙右衛門が黙り込む幹次郎に代わって応対した。

大籬三浦屋の張見世の傍らに立っていた薄墨が白地の浴衣姿の幹次郎に目を留め、驚きの表情を見せた。

「これにはいささか事情がござってな」

さすがに幹次郎が薄墨に応じ、ざっと成り行きを説明した。

「どうりで神守様の眉間になにやらまた他人様のために汗を流すという、黒い影の暗示が漂っておりまする」

と注意するように囁《ささや》いた。

「太夫、仰《おつしや》られる通りですよ。わっしが若いころ、世話になった質屋の小川屋七人殺しの解決に力を貸すために神守様は南町の定町廻り方から引き出されておりましてね」

「またただ働きにありんすか」

薄墨が幹次郎を同情の眼差しで見た。


新たな騒ぎが起こった。

吉原会所の裏同心神守幹次郎が雷御門横の小川屋八兵衛方の七人殺しに強い関心を抱いていることが江戸じゅうに告知されたのだ。大工の武吉の骸が発見された翌日のことだ。

南町奉行所定町廻り同心の桑平市松は、読売屋の『世相あれこれ』の主の浩次郎と親しいらしく、派手に書かせていた。

《江都に潜む小川屋八兵衛方七人殺しの加賀無宿百瀬十三郎、下野無宿浅間の稲吉にもの申す。

それがし神守幹次郎はあの朝、たまさかそなたらの凶行ののちに雷御門横の路地口にて出会いたり。あの折り、そなたらの非情惨酷な所業を承知なれば、即刻手捕りに致すか、斬り捨てておったものと大いに悔いておる。

浅草町内で敬愛された小川屋の一家と奉公人にはなんの罪咎《つみとが》もなし。その七人を殺害し、四百両の大金を奪いしは人として許されざる所業に候。

眼志流居合術、腕に覚えあり。

百瀬十三郎、そなたも居合の遣い手とか、いつ何刻なりともそれがし、そなたの来襲を待ち受け候》

と読売にはあった。

この読売を出勤した大門前で村崎季光に見せられた幹次郎は、これほど派手に書き立てられるとはと、しばし言葉を失った。

「見よ、定町廻り同心桑平市松などを信用するからかようなことになる。あやつらは血も涙もない輩、利用できるものなれば自分の親まで売りかねん連中よ。そなたは、甘いのだ、全く世間を知らぬ。そなたにこやつらばかりか、腕自慢の馬鹿どもが襲いこぬともかぎらぬぞ」

と散々村崎同心に詰られ、脅された。

四

砂利場の大将こと七助親方とおいねの祝言披露は、夏の宵、夕暮れ前から並木町の料理茶屋山口巴屋を借り切って、賑やかに行われた。

おいね側の招客は異色の顔ぶれだ。

なにしろおいねが振袖新造として出ていた吉原の三浦屋の主四郎左衛門夫婦、吉原を取り締まる会所の七代目頭取四郎兵衛と娘の玉藻、神守幹次郎と汀女夫婦に吉原の遊女を代表して全盛を誇る薄墨太夫の七人だ。一方、江戸で普請用の砂、砂利、小石、庭石、漆喰《しっくい》などを手広く扱う七助親方は倅ふたり、娘三人にその連れ合いと子供、さらには仕事仲間から得意先、奉公人と総勢百数十人、数では圧倒されるほど一方的な勢いだ。

だが、大らかな気性の七助は嫁側にひとりの縁戚もいないことも数が少ないこ

とも全く気にしておらず、

「おいねのせいじゃねえや。貧しさがかような結果を招いたのだ。だからよ、ふたりの祝言披露くらいさ、賑やかに催そうという寸法だ」

と公言しているそうな。その父親の気持ちを受けて、倅ふたり娘三人も大らかな披露を心がけてこの日に向けて頑張って仕度をなした。

そんな七助の心がけを天が知ったか、爽快な天気にしてくれた。

玉藻も汀女も招客であると同時に料理茶屋山口巴屋の主、接待側でもあった。ためにこの日の早朝から並木町に出て、ふだんの奉公人、臨時に雇った料理人や女衆の動きに目を配り、披露の宴に遺漏《いろう》がないようにふたりで協力し、監督差配し合っていた。

幹次郎は昼見世を終えた薄墨を迎えに三浦屋に行った。店の主の四郎左衛門と女将の和絵はこの祝言の前に済ます用事があるとかで、すでに早めに吉原を出ていた。

薄墨だけがいつもの横兵庫《よこひょうご》を島田髷に結い直し、薄化粧に小豆《あずき》色の千鳥地の江戸小紋をきりりと着込んで幹次郎を待ち受けていた。

「おお、今日の薄墨様はふだんと様子が違いますな」

「神守様、どのように違いますので」

幹次郎は頭に浮かんだ言葉、

(新妻のような)

の言葉を口にはせず、

「一段と清華《せいか》に美しさが凝縮されたようで眩しゅうございます」

「神守様がそのような言葉を吐かれるときは本心と違いますな」

と薄墨が笑い、見送りに出ていた遣手のおかねと番頭の鎌蔵《かまぞう》に、

「本日、半日皆様を代表して萩野様の祝言に出させていただきます」

と挨拶し、おかねが、

「薄墨太夫、萩野さんじゃございませんでしたな、おいねさんにお幸せにと伝えてください」

「その言葉、朋輩一同のものとして必ずおいね様に伝えます」

と応じて表に出た。

仲之町にそろそろ清掻《すががき》の調べが流れようという刻限だ。吉原がいちばん賑わう夜見世を前にした静けさが漂っていた。

大門前では吉原会所の番方以下若い衆が見送りに出て、面番所にも村崎季光が

立っていた。

「村崎どの、番方、本日、三浦屋の主どのの許しを得て薄墨太夫に同道し、並木町まで参じます」

幹次郎が形式通りに挨拶し許しを乞うた。

「宜しくお願い致します」

と仙右衛門は応じたが、村崎同心はぽかんとした顔をして薄墨の顔を凝視していた。

「薄墨太夫の素顔とは珍しい」

「村崎様、がっかりさせたらお許しください。女は化粧でいかようにも変わるものです」

「がっかりなどするものか。いや、格段に女ぶりが上がっておる。それがし、花魁道中の薄墨よりも今の顔に惚れ直した」

と思わず村崎季光が本音を漏らし、一同が苦笑いして、大門前に待たせた駕籠に薄墨を乗せた。駕籠は静々と五十間道を進み、土手八丁に出た。

「麻様の辻占《つじうら》では、それがしの眉間に凶運の兆《きざ》しがございますかな」

「神守様も外仕度、うっかりとそのことを見落としました。小川屋さん殺しの下手人は未だ捕まりませんので」

「まだのようです」

「江戸の外に逃れましたかねえ」

「いえ、江戸に潜伏しておるという考えに変わりございません、麻様」

しばらく無言で駕籠に揺れていた麻が、

「本日は七助親方とおいね様の祝言、嫌なことは忘れましょう」

と己に言い聞かせるように呟いた。

幹次郎が同道する薄墨の駕籠が料理茶屋山口巴屋の門前に着いたとき、すでに黒紋付の羽織袴や七の字を背に染め抜いた法被の男たちが大勢集まっていた。船で吾妻橋《あずまばし》際に乗りつけ、駕籠に乗り換えて到着する七助親方と花嫁のおいねを待ち受けていた。しばらくして、倅のひとりが、

「ああ、親父と嫁様の乗物が来たぞ」

と幹次郎らが通ってきた道とは別の道から娘のおくまに先導されるようにして来た二丁の駕籠を指差した。

「麻様、花嫁のご入来ゆえしばらく駕籠でお待ちくだされ」

幹次郎が声をかけ、麻が、はい、と短く応じた。

七の字の真新しい法被の兄さん方が大勢で花婿と花嫁の到着を迎え、門前は一段と賑やかさを増した。

玉藻と汀女が花婿花嫁を迎えに出て、駕籠が停まるや否や坊主頭の黒紋付がにゅっと姿を見せ、

「おいね、着いたぞ」

と後ろの駕籠に叫んだ。

「お父つぁん、本日はお祝いしてもらう側なんだからね。あんまり大きな体でちょろちょろ歩き回らないのよ」

と末娘のおくまが案じたが、

「馬鹿言え、折角《せっかく》の祝いだ、粗相《そそう》があっちゃお客も気分を害されよう。おれが気を配らないでどうする」

と辺りを睥睨《へいげい》するように見た七助が幹次郎の顔に目を留め、

「おおっ、神守様、うちの嫁様を見てくれ」

と大声で叫ぶと、

「おいね、面を出せ。恩人に花嫁姿を見せねえ」

と急《せ》かし、白無垢《しろむく》姿のおいねが駕籠から降りて、その場にいた客たちが、

「おおおっ、親方、やりやがったな」

「畜生、自分の娘ほどの美形をよ、ようもうんと言わせたぜ、大入道《おおにゅうどう》が」

とか言い合った。

おいねが辺りに一礼し、汀女に手を取られた。

そのとき、おくまが、

「神守様、その駕籠の主は」

と訊いた。

「薄墨太夫、いや、加門麻様にござる」

「お父つぁん、大変、正客《しょうきゃく》様を待たせているのよ」

「なにっ、薄墨太夫を。神守様、どうか太夫を先に座敷に通してくんねえ」

「花嫁花婿のあとに致そうかとここで待っておるところだ」

「天下の薄墨様を待たせる馬鹿がどこにいる。どうかお姿を見せてくんねえ」

と願った。その声を聞いた麻が、

「履物を」

と駕籠舁きに命じた。

垂れが上がり、島田髷にきりりと江戸小紋を着た加門麻が駕籠脇に立った。すると山口巴屋の門前にいた大勢の男たちがごくりと唾を呑み込み、静寂が漂った。大入道の七助も麻の佇《たたず》まいに圧倒されたか、言葉を失くしていた。

ふたりに麻が歩み寄り、

「七助親方、おいね様、本日は御日柄《おひがら》も宜しく祝着至極《しゅうちゃくしごく》にございます。ただ今の親方のお言葉や娘御様のお言葉を駕籠の中で聞いて、おいね様が親方のところで幸せになると朋輩であった薄墨、確信致しました。どうか、おいね様、親方と末永くお幸せにお暮らしくださいまし」

なんとも爽やかな挨拶だった。

「た、太夫」

おいねの瞼《まぶた》に涙が溢れ、

「おいねさん、本日涙は禁物ですよ」

と花婿と花嫁を宴の場に送り込んだ麻が幹次郎に頷くと、ふたりのあとをゆっくりと追った。

門前の男たちが突然喋り出した。

「おい、太夫ってなんなんだ。おれが付き合う女郎とまるで違うぜ」

「馬鹿吉《ばかきち》、おまえの馴染の櫓下《やぐらした》のすべたといっしょになるか。こちらは御免色里の遊女三千人の頂きだ、松の位の太夫様だ、三浦屋の薄墨だぜ」

「親方が嫁にしたおいねさんも敵《かな》わないか」

「見たろ、貫禄の違いをよ」

「見た。おれ、櫓下のすべたから薄墨に乗り換えた」

「おめえの願いは生涯叶わないよ、それほど格、品が違うんだよ。すべたで我慢しな」

ああ、と七の字法被の若い衆の溜息が流れ、料理茶屋の二階の大広間から木遣りの声が響いてきた。


夜半九つ過ぎに神守幹次郎と汀女、それに足田甚吉は料理茶屋山口巴屋を出た。もはや大半の招客は帰り、むろん薄墨をはじめとするおいね側の正客も迎えが来て吉原に戻っていた。

だが、汀女も甚吉も料理茶屋の奉公人であった。

宴が終わったあとの片づけをし、臨時に雇った料理人、男衆、女衆に手当と祝儀を渡した。この夜は玉藻が料理茶屋に残ることが決まっており、七助親方側の招客の何人かも泊まることになっていた。

汀女は遠くから祝いに来た人々の寝床《ねどこ》を仕度して、待たせていた幹次郎と甚吉といっしょに浅草並木町を出たところだ。

山口巴屋と屋号の入った提灯を提げた甚吉が、

「いい祝言だったな、姉様、幹やん」

と疲れが残る、だが、満足げな声で言った。甚吉が満足なのは七助親方が山口巴屋の奉公人全員に祝儀を配り、その祝儀袋が懐にあるからでもあった。

「なんとも気持ちのいい祝言にございましたよ、甚吉さん」

「幹やん、どうだ」

「おいねさんはどうやら金では買えぬ幸せを引き当てたようだ」

「馬鹿抜かせ、金で買えぬ幸せがこの世にあるものか」

「甚吉、そなた、気づいておらぬ」

「いや、幹やんこそいつまでも甘いんだよ」

この三人、豊後岡藩の下士が住む長屋でいっしょに育った仲だ。

幹次郎が人妻であった汀女の手を引いて城下を出奔《しゅっぽん》し、妻仇討の追っ手にかかる旅を何年も続けたあと、吉原会所に拾われてようやく安住の地を得た。その後、甚吉と再会し、甚吉も武家奉公を辞めて五十間道の外茶屋に男衆として働き、さらには料理茶屋山口巴屋へと転職していた。

幼馴染ゆえ三人だけのときは、今の立場を越えて昔のままの呼び名で呼び合った。

「甚吉、七助親方は一代で身代を作り上げられたお方だ。だが、金を稼いでおられるゆえ、おいねさんが幸せなのではない。七助親方の周りには金では買えぬ一家や奉公人とのつながり、結びつきがある。ゆえにおいねさんは幸せ者なのだ。血のつながりもないおくまさん方とおいねさんが短い間にようも心を許し合い、信頼し合ったものだと思う。これは金子で買えるものではないぞ」

今宵の祝言には七助を中心にした新しい身内の結びつきがしっかりとあった。ゆえになんとも和《なご》やかな宴に終始した。

しばらく黙って歩いていた甚吉が、

「幹やん、姉様、今宵の祝言はよ、七助親方を長にした新たな親子をお披露目する祝いだったか」

「甚吉、その通りだ。ときにはよいことを申すではないか」

「幹やん、わしら三人のことを考えてみよ。金が三人を結びつけておるか」

「いや、そうではあるまいな。だれも金には無縁じゃ」

「おれなんぞいつも金にぴぃぴぃしておる。今宵は違うがな」

甚吉は七助親方がくれた祝儀袋の入った懐に手を突っ込み、確かめた。

「思えば、わしら遠くまで歩いてきたものよ。おれはふたりの父親ぞ。幹やんと姉様は吉原会所と山口巴屋を支えておる」

足田甚吉はふたり目の子が生まれたばかり、二児の父親だった。

「甚吉さん、子は宝です。甚吉さんが三人の中でいちばんの果報者です」

「そうかな」

そうですとも、と応じた汀女が、

「幹どの、甚吉さん、浅草寺に七助親方、おいねさん、身内の方々の幸せを願い、お参りしていきませぬか」

と汀女が言い出し、

「おお、それがよいわ」

と甚吉が賛意を示して、三人は雷御門から仁王門《におうもん》を潜って本堂へと向かった。

夜半過ぎのことだ。三人の足音が参道に響いて、どこからともなく虫の声が聞こえてきた。

三人は本堂の階下で長いこと手を合わせて七助一家の幸せを祈った。そんな幹次郎は、ひそやかに忍び込んできた気配があるのを察していた。

「さあて、長屋に戻り、一杯呑んで子供の傍らで寝る、それがおれの一番の幸せよ」

と甚吉が言って、随身門《ずいじんもん》に向かった。

幹次郎が静かに鯉口を切った。

汀女が幹次郎を見た。

虫の声が鳴きやんだ。

「今宵は目出度い祝いの席であった。血で穢《けが》すことはせぬ」

幹次郎が汀女に言い、

「ひえっ」

と甚吉がしゃっくりのような悲鳴を上げた。

「な、なんだよ。今の話は」

「待つ人があるということじゃ」

「ま、待つ人とはだれだ」

随身門の背後からふたつの影が忍び出た。

細身に黒の絹小袖を着流し、細身の刀を落とし差しにした百瀬十三郎、そして、三度笠に縞《しま》の道中合羽、振り分けの荷を両肩に重そうに提げた下野無宿の浅間の稲吉であった。

「質商小川屋八兵衛一家と奉公人の七人を無慈悲に殺し、さらには昔の誼《よしみ》で匿った大工の武吉を始末したふたり組だ、甚吉」

「な、なんで質屋殺しのふたりがおれたちを襲う」

「甚吉、こやつらが小川屋の七人を殺した直後に雷御門の傍らの路地口で朝稽古に行くそれがしとばったりと出くわしておる。ただそれだけの関わりじゃがな」

「お、おかしいではないか。なんでおれたちを斬ろうとするんだ」

「さあてのう。おそらく南町奉行所の定町廻り同心桑平市松どのが読売屋『世相あれこれ』にお膳立てした読売に誘《おび》き出されたのであろう」

幹次郎の言葉に沈黙したまま間合を詰めてきたふたりのうち、稲吉が肩から振り分け荷を下ろしてその場に置くと、

「百瀬の旦那、妙な意地は張るなと言ったろうが」

と百瀬十三郎に言った。

幹次郎は汀女と甚吉を背後に回してふたりの動きを牽制《けんせい》した。

「稲吉、吉原の狗《いぬ》のくせに裏同心などと奉《たてまつ》られて、えらそうな面をしているの

が気にいらぬ」
初めて耳にする百瀬の声は細く甲高い声だった。
「こうなりゃ、こやつを叩き斬って江戸を逃げ出すぜ。舞い戻ってくるのは数年後だ」
浅間の稲吉が、
ぱあっ
と道中合羽をめくり上げ、長脇差《ながわきざし》を抜いた。それを横目に百瀬十三郎が一歩前
に出て、居合の間合に入った。
「眼志流なる田舎居合、見てみようか」
百瀬十三郎は鯉口を切ったが、細身をすっくと立てたままだ。
これに対して幹次郎は小早川彦内《こばやかわひこない》直伝の眼志流を捨て、先祖が戦場で騎馬武者
を倒した証しに奪ってきた無銘の長剣、江戸の研ぎ師が豊後行平《ぶんごゆきひら》とみた二尺七寸
を抜くと、
ひらり
と峰に返した。
「なめくさったな」

と稲吉が吐き捨てた。

「そなたらを殺しはせぬ。南町の同心どのが待っておられるでな」

その言葉に吊り出されたように闇の一角が揺れた。

幹次郎には見えなかったが、この数日、幹次郎を密かに尾行していた桑平市松らが姿を見せたのだろう。

「くそっ」

浅間の稲吉が動揺した。

「稲吉、こやつを叩き斬って逃げる、それだけのことだ」

「おう」

落ち着いた百瀬の言葉に稲吉が言い、
ぷうっ
と長脇差の柄《つか》に唾を吐きかけ、握りを固めた。

「甚吉、提灯をしっかりと持っておれ」

ぶるぶると震える甚吉に言いかけると、幹次郎は二尺七寸の剣を左脇構《わきがま》えに置いた。

百瀬十三郎は幹次郎の正面、せいぜい間合五尺余に立ち、その右斜め後方に稲吉が長脇差を構えて、それが甚吉の持つ提灯の灯りにきらきらと光っていた。
百瀬の左手が細身の剣の鯉口を握り、右手がぱあっと柄に動いて、
すすすっ
と抜き上げようとした。
その動きと合わせたように幹次郎が踏み込むと脇構えの峰に返した二尺七寸が躍り、剣を抜き上げようとした百瀬十三郎の胴を、
びしり
と鈍い音を響かせて叩いて、剣を抜きかけた姿勢のままの相手の体を飛ばして、長脇差を構える稲吉のずんぐりとした体にぶつけた。
よろめく稲吉に向かって幹次郎が間合を詰めて、必死に体勢を立て直そうとする稲吉の左首筋を一連の流れの中で叩き転がした。
一瞬の早業《はやわざ》だ。
「眼志流浪返し変わり技」
という言葉が漏れ、くるりと刃を返した幹次郎が刀を鞘に戻して、
「おあとの始末は南町のご一統様に願おう」
と姿も確かめずに言うと、

「姉様、甚吉、戻ろうか」

と促した。

虫がふたたび鳴き始めた。

浅草寺　菩提弔うて　虫鳴くや

幹次郎の脳裏をただ言葉が散らかり過った。

二〇一三年三月　光文社文庫刊

光文社文庫

長編時代小説
無《む》　宿《しゆく》　吉原《よしわら》裏《うら》同《どう》心《しん》⒅　決定版
著　者　佐《さ》　伯《えき》　泰《やす》　英《ひで》

2022年12月20日　初版１刷発行

発行者　三　宅　貴　久
印　刷　萩　原　印　刷
製　本　ナ　シ　ョ　ナ　ル　製　本

発行所　株式会社　光　文　社
〒112-8011　東京都文京区音羽1-16-6
電話（03）5395-8149　編　集　部
8116　書籍販売部
8125　業　務　部

ISBN978-4-334-79415-6　Printed in Japan

組版　萩原印刷